Mitteilungen über die Anfänge des Schweizerischen Eisenbahnwesens und über die ersten Jahre der Schweizerischen Zentralbahn

W. Speiser

Mitteilungen über die Anfänge des Schweizerischen Eisenbahnwesens und über die ersten Jahre der Schweizerischen Zentralbahn

Unveränderter Nachdruck der Originalausgabe von 1887.

1. Auflage 2023 | ISBN: 978-3-36861-156-9

Verlag: Outlook Verlag GmbH, Zeilweg 44, 60439 Frankfurt, Deutschland
Vertretungsberechtigt: E. Roepke, Zeilweg 44, 60439 Frankfurt, Deutschland
Druck: Books on Demand GmbH, In de Tarpen 42, 22848 Norderstedt, Deutschland

Mittheilungen

über die Anfänge des

Schweizerischen Eisenbahnwesens

und über die ersten Jahre der

Schweizerischen Centralbahn

von

W. Speiser.

Zwei Vorträge
gehalten in der Statistisch-volkswirthschaftlichen Gesellschaft in Basel
im Winter 1886.

Basel 1887.
Druck und Verlag von Felix Schneider.
(Adolf Geering.)

Es sind mir vor einiger Zeit eine Anzahl Privat-Correspondenzen aus dem Anfang der fünfziger Jahre zur Verfügung gestellt worden, welche viele Mittheilungen über die Eisenbahnfrage, insbesondere über die Anfänge der schweizerischen Centralbahn enthalten.

In der Annahme, dass dieser Gegenstand heute noch von Interesse sei, habe ich versucht, mit Benützung bisher nicht veröffentlichter Aktenstücke, von Aufsätzen und Zeitungsartikeln, eine Schilderung der damaligen schweizerischen Eisenbahnverhältnisse, namentlich der Entstehung und der ersten Jahre der Centralbahn zu machen.

Ich beginne damit, die wichtigsten Daten betreffend das schweizerische Eisenbahnwesen seit Einführung der Bundesverfassung vom Jahr 1848 anzuführen, wie ich sie der im Jahr 1874 erschienenen interessanten Schrift des Hrn. Dr. Alfred Geigy entnommen habe[*]:

12. Sept. 1848: Annahme der ersten Bundesverfassung, deren Art. 21 wie folgt lautete:

„Dem Bunde steht das Recht zu, im Interesse der Eidgenossenschaft oder eines grossen Theils derselben, auf Kosten der Eidgenossenschaft öffentliche Werke zu errichten oder die Errichtung derselben zu unterstützen.

Zu diesem Zweck ist er auch befugt, gegen volle Entschädigung das Recht der Expropriation geltend zu machen. Die näheren Bestimmungen hierüber bleiben der Bundesgesetzgebung vorbehalten.

---

[*] Einige Erörterungen über das schweizerische Eisenbahnwesen von Dr. Alfred Geigy. Basel, Ferd. Riehm, 1874.

Die Bundesversammlung kann die Errichtung öffentlicher Werke untersagen, welche die militärischen Interessen der Eidgenossenschaft verletzen."

18. Dezember 1849: Auftrag an den Bundesrath, der Bundesversammlung vorzulegen:
 a) den Plan zu einem allgemeinen schweizerischen Eisenbahnnetze, unter Beiziehung unbetheiligter Experten für die technischen Vorarbeiten;
 b) den Entwurf zu einem Bundesgesetze betreffend die Expropriation für schweizerische Eisenbahnbauten;
 c) Gutachten und Anträge betreffend die Betheiligung des Bundes bei der Ausführung des schweiz. Eisenbahnnetzes, die Concessionsbedingungen für den Fall der Herstellung von Eisenbahnen durch Privatgesellschaften u. s. w.

1. Mai 1850: Annahme des Gesetzes über die Verbindlichkeit zur Abtretung von Privatrechten. (Expropriationsgesetz), dessen Artikel 1 sagte:

„Wenn kraft Art. 21 der Bundesverfassung entweder öffentliche Werke von Bundeswegen errichtet werden, oder die Anwendung dieses Bundesgesetzes auf andere öffentliche Werke von der Bundesversammlung beschlossen wird, so ist Jedermann, soweit solche Werke es erforderlich machen, verpflichtet, sein Eigenthum oder andere auf unbewegliche Sachen bezügliche Rechte gegen volle Entschädigung dauernd oder bloss zeitweise abzutreten."

7. Juni 1850: Berufung der technischen Experten Robert Stephenson (Sohn des berühmten George Stephenson) und Swinburne.

4. September 1850: Bezeichnung der HHrn. Rathsherr Geigy von Basel und Ingenieur Ziegler von Winterthur als Experten für Prüfung der commerciellen und finanziellen Seite der Frage, bzw. Zweckmässigkeit und Art und Weise einer Betheiligung des Bundes am Bau und Betrieb von Eisenbahnen in der Schweiz.

Am 12. October 1850 legten die technischen Experten ihren richt dem Bundesrathe vor; die deutsche Uebersetzung hatte ctor Schmidlin von Basel gemacht.

Das Netz, dessen Anlage die Experten empfahlen, setzte sich zusammen aus der grossen West-Ost Stamm-Linie von Morges über Yverdon-Lyss-Solothurn-Olten-Baden (Zürich), Zürich-Winterthur nach Rorschach mit Verlängerung nach Sargans und Chur einerseits, Wallenstadt anderseits, dann aus den Zweiglinien Basel-Olten, Olten-Luzern, Lyss-Bern, Bern-Thun, Winterthur-Schaffhausen und endlich Biasca-Locarno.

Die Länge des Netzes sollte 650 Kilometer sein; die Kosten waren auf rund 114 Millionen französische Franken berechnet.

Stephenson rieth, für den Anfang die Linie vom Osten her nicht weiter als bis Solothurn auszuführen und mittelst Schiffbarmachung der Aare an den Bielersee und von da auf dem Wasserwege nach Neuenburg und Yverdon zu gelangen.

Desshalb waren Biel und Neuenburg im Projecte Stephenson weggelassen, wie auch Genf, das auf dem Wasserwege mit dem westlichen Endpunkt des Netzes, Morges, sollte in Verbindung gebracht werden.

Für Basel war es sehr bedeutsam, dass die Experten der Hauenstein-Linie gegenüber der Bötzberg-Linie den Vorzug gaben. Hiebei gingen sie von dem Grundsatz aus, dass das Eisenbahnnetz auf solche Linien zu concentriren sei, die verschiedene Richtungen in sich begreifen.

Noch sei bemerkt, dass die Experten für den Hauenstein einen 2½ Kilometer langen Tunnel vorschlugen und von Buckten bis in die Nähe von Trimbach eine schiefe Ebene mit Seilbetrieb.

Die commerciellen und finanziellen Experten, Geigy und Ziegler, hatten ihren Bericht Ende October 1850 vollendet.

Beide gelangten zum Resultate, dass die Eisenbahnen für die Schweiz nothwendig seien, oder, um ihre eigenen Worte zu citiren: „sie glaubten im Allgemeinen die Herstellung von Eisenbahnen in der Schweiz nach dem Maßstabe der finanziellen Hilfsmittel anrathen zu dürfen."

Indessen gingen sie nicht einig in der wichtigsten Frage, ob Staats- oder Privatbau. Beide Experten machten ihre besondern Vorschläge.

Geigy empfahl den Bau und Betrieb als gemeinschaftliches Unternehmen des Bundes und der betreffenden Kantone, die Geldbeschaffung mittelst sogenannter Partialen, für deren Verzinsung zu 3½ % der Bund und die betheiligten Kantone garantiren sollten, ersterer zu ⅓, letztere zu ⅔. Für den Fall, dass der Ertrag 4 % überstiege, sollte der Ueberschuss zur Hälfte den Inhabern der Partialen verabfolgt, zur Hälfte in einen Reservefonds gelegt werden.

Ziegler sprach sich für den Gesellschaftsbau aus mit Zinsgarantie seitens des Bundes und der betreffenden Kantone bis auf die Dauer von 60 Jahren. Die Kantone sollten sich zur Uebernahme von ⅔ des allfälligen Deficits verpflichten.

Den Experten war Rector Schmidlin aus Basel als Secretär beigegeben und folgende Auszüge aus Briefen, die er damals von Bern aus an seinen Freund, Bankdirector Speiser in Basel schrieb, werfen einiges Licht auf den Gang der Arbeiten:

BERN, 3. September 1850.

Werther Freund!

„Meine Absicht war Dir zu schreiben, sobald ich einen, wenn auch nur kleinen Fortschritt unserer Thätigkeit hätte melden können; aber ich müsste länger warten als Deine und meine Geduld dauert.

. . . .

Dein Wort, die Eisenbahnfrage sei noch nicht reif, klingt mir immer noch in den Ohren. Als wir die erste Visite bei Herrn Näf machten, gab er uns einen Bogen von Fragen über das ganze Gebiet des Eisenbahnwesens ohne irgend welchen logischen Zusammenhang, und dieser Bogen voll unreifer Fragen bildete die Rolle (einfache Maschine), über welche sich die Discussion der beiden Experten mit mir wie ein Seil ohne Ende hinzog. Ein Tag, wie der andere; und Sonntag wie Werktag. Das Nähere mündlich; nur so viel, dass mich die Ungeduld schier verzehrt, und dass es schon zu heftigen Explicationen über unsere gegenseitige Stellung gekommen ist. Es scheint mir, nach der vierstündigen Conferenz mit Näf, dass unsere Grundzüge, wie wir sie gemeinschaftlich besprochen haben, den meisten Anklang finden. Hr. Ziegler will Privatgesellschaften; er will übrigens noch nach Winterthur oder Zürich gehen, um Rücksprache zu halten.

. . . .

Beim Ueberlesen sehe ich erst, dass ich nirgends deutlich geschrieben habe, was das Departement oder das „Gouvernement" eigentlich will. Ich muss sagen, dass sie es selbst noch nicht wissen, und jedem Entwurfe, der einigermassen ausgearbeitet, ihre augenblickliche Zustimmung zuwenden. Die Frage ist noch gar nicht studirt worden."

BERN, 4. October 1850.

Werther Freund!

„Nur ein Wort, zwischen dem Gespräch oder Wortstreit mit Z...

Stephenson hat für die Oltenbahn entschieden, und auch wider alles Erwarten der Berner Techniker für unsere Verbindungslinie mit Luzern.

Natürlich ist Z... nicht zufrieden; auch Hr. Näf ist etwas abgekühlt, weil die Rorschacher-Churer Linie und der Lukmanier wenig Glück macht.

Meinen Bericht musste ich bei Seite legen. Ich bin mit Frequenz- und Rentabilitätsrechnungen beschäftigt. Die Angaben, welche ich von Basel mitbrachte und die darauf gegründeten Ergebnisse erhalten auch die Zustimmung der Herren vom Osten.

Im Anfang der andern Woche mehr."

. . . .

14. October 1850.

„Wiederum einige Zeilen statt einer Mittheilung des Berichtes oder statt eines langen Briefs. Der erste kann nämlich noch nicht geschlossen werden, und zum zweiten fehlt mir alle Lust bis die verworrene und für mich, nicht wegen des Materials sondern wegen der unvereinbaren Meinungen, drückende Aufgabe gelöst ist.

Die Frage zwischen Actien und Anleihen steht noch auf dem alten Flecke, wie Du aus dem Brief von Hrn. Geigy sehen kannst. Und ich weiss keinen Rath mehr als dem Gährungsprozess den Lauf zu lassen. Ob er sich abklären wird, weiss ich auch nicht.

Angenehme persönliche Verhältnisse, besonders mit Herrn Geigy, versüssen mir einigermassen eine Bemühung, die ich für die nächste Zeit wenigstens erfolglos halte.

Was hast Du beabsichtigt, dass Du Deinen Organisations-Entwurf an Hrn. Geigy gesandt hast, nachdem Du denselben schon durch mich hast übergeben lassen? Das „Repetatur mixtura" kann es doch nicht gewesen sein."

. . . .

Bern, 15. October 1850.

„Herzlichen Dank für Deine Beilage an mich, sie befreit" mich von einer gewissen Mißstimmung, die vielleicht auch meine gestrigen Zeilen gefärbt hat.

. . . .

Heute haben die drei ersten Abschnitte meines Berichtes die Censur beider Experten passirt und die Genehmigung erhalten. Es fehlt noch der 4. und 5. Abschnitt. Jener hängt von technischen Angaben ab, die wir noch nicht besitzen, und diese von einer bestimmten Meinung, die leider noch nicht zum Durchbruch gekommen ist.

Dein Urtheil über die Verhältnisse des Geldmarkts fällt bis auf die Worte mit dem meinigen zusammen.

Die Hoffnung auf einen Gewinn durch den reinen Eisenbahnertrag ist auf Null gesunken, und der Zins, den der Staat unter irgend einer Form zu leisten verspricht, ist das Einzige, was jetzt den Eisenbahnunternehmen Kapitalien zuführen kann. Warum also den Gewinn oder Mehrertrag weggeben, da er doch für nichts geachtet wird, in kurzer Zeit aber für den Staat einen reellen Werth haben kann.

Umsonst aber Alles. Hr. Geigy ist fester als je auf seinem Actienmittel, und die Versuche des Hrn. Ach. B. ihn heimlich und auf Umwegen davon abzubringen, haben nur die Verwirrung vermehrt. Unsere Ansichten sind so unvereinbar, dass ich nicht einmal als Redactionsorgan dienen kann. Die Sache bleibt noch schwebend; sobald ich weiss, wie sie fällt, werde ich Dir es melden.

Hr. Bischoff geht morgen nach Basel; ihm gefällt die Betheiligung der Kantone nicht. Er wünscht und hofft, mit dem Bund allein 50 Millionen alte Franken aufzunehmen.

. . . .

Bern, 25. October 1850.

„Endlich einmal ein Wort, das mir auch jetzt noch unangenehm ist, und das ich nur melde, weil meine Hoffnung morgen in Basel zu sein, noch für einige Tage vereitelt ist.

Die Verhältnisse sind hier von der Art, dass ich dieselben nur mündlich schildern mag. Mit den beiden Herren Experten bin ich verschiedener Meinung über die Zustände des Geldmarktes und über die Würdigung Deines Entwurfs. Eine Verständigung ist nicht mehr möglich; ich bin aber auch zu stolz, um der Secretär oder Schreiber von einer Begutachtung zu sein, die ich nicht theile, oder der meiner Meinung keine Stelle einräumt. Ich trete also morgen durch Beurlaubung von Herrn Näf aus dem ganzen, etwas unklar gehaltenen, halbofficiellen Verhältniss hinaus. Es wäre eher geschehen, wenn ich nicht die mir speciell aufgetragene Berechnung hätte vollenden wollen.

. . . .
Deine Auseinandersetzung an ...., die mir ganz schlagend schien, ist bei Hrn. Ziegler ganz ohne Eindruck geblieben. Er antwortete, was auch meine Ansicht, es sei das Urtheil von Geldmenschen vom dürren Geschäftsleben; man müsse die Sache aus einem höhern Standpunkte beurtheilen. Diesen Standpunkt nun habe ich nicht finden können."
. . . .

So Schmidlin.

Es mag auffallen, dass Geigy, trotz den gegründeten Einwendungen Schmidlins, die von Speiser unterstützt wurden, an seinen „Partialen" festhielt.

Allein Geigy hatte die Ueberzeugung, dass nur auf diese Weise das Geld sich finden werde, eben weil Partialen die Anwartschaft auf einen höhern, den landesüblichen Zins übersteigenden Ertrag boten.

Uebrigens war Geigy noch aus einem andern Grunde abgeneigt, Obligationen auszugeben; er befürchtete, wie er dies von Bern aus am 16. October 1852 an Speiser schrieb:

„Dass der Bund, oder die Bundesherren, wenn die Experten Anleihen empfehlen, das Ganze in ihre Hände nehmen und completen Staatsbau ohne Betheiligung der Kantone durchzuführen trachten werden, besonders wenn ihm noch in Aussicht gestellt wird, dass die Schweizerbahnen keine so üble Rendite abwerfen würden."

Geigy wollte eben vom reinen Staatsbau nichts wissen, sondern er verlangte, dass der Bund und die Kantone gemeinsam sich bei dem schweizerischen Netz betheiligen sollten, und dass den Kantonen ihr Einfluss gewahrt bleibe.

Sein Entwurf für die Organisation der schweizerischen Eisenbahnen enthält in dieser Hinsicht sehr einlässliche Bestimmungen.

Es ist in den Briefen Schmidlins mehrfach von Memorialen von Bankdirector Speiser über das Eisenbahnwesen die Rede.

Ich bin in Folge gütiger Ueberlassung derselben seitens der Person, an welche sie s. Z. gerichtet waren, im Stande, diese höchst interessanten Aufsätze hier mitzutheilen:

BASEL, 27. August 1850.

Verehrtester Herr und Freund!

„Mit lebhaftem Interesse habe ich Ihre werthe Zuschrift vom 15. dies gelesen. Erlauben Sie mir daran anzuknüpfen, um Ihnen meine Ideen über die Organisation des schweizerischen Eisenbahnwesens und namentlich über die hauptsächlichsten der zu entscheidenden Vorfragen etwas ausführlicher und bestimmter darzulegen, als es in jenem Aufsatz geschehen konnte, welcher die Veranlassung zu Ihren geschätzten Bemerkungen gegeben hat. Nächst dem hohen Werth, den ich auf Ihr Urtheil lege, ist mir der Weg der Privatcorrespondenz zur Besprechung dieses Gegenstandes lieber als derjenige der Publicistik, dem ich vorderhand weder Zeit noch eigentliche Lust habe mich hinzugeben.

Ueber gewisse Grundlagen der Frage gehen Sie mit mir einig, als da sind: Betheiligung der Kantone neben dem Bund, sowie, dass nur eine Eisenbahnstrecke nach der andern, und zwar die voraussichtlich rentabelsten zuerst, unternommen werden. Worüber aber Ihre Ansichten von den meinigen abzuweichen scheinen, das ist die Frage, ob die Eisenbahnen zu einem Staatsunternehmen gemacht oder ob sie Privatgesellschaften übergeben werden sollen. Sie halten das Letztere für zweckmässiger, während ich das Erstere angerathen hatte. Es dürfte vielleicht keine vergebene Mühe sein, einen Punkt der Vermittlung zu suchen, worauf unsere scheinbar auseinander gehenden Meinungen sich vereinigen könnten.

Ihre Gründe anerkenne ich vollkommen, und weit entfernt, dass ich sie zu entkräften versuchen möchte, bin ich eher geneigt, ihre Bedeutung durch das Gewicht aller daraus hervorgehenden Consequenzen zu vermehren. In der That, das Eingreifen des Staats in das Gebiet der Privatindustrie ist eine der schädlichsten unter den mancherlei falschen öconomischen Richtungen, die unsere Zeit verfolgt. Sie bildet jene verderbliche Bureaukratie, welche alle Selbstthätigkeit im Volke nach und nach erstickt; sie gibt dem Volk die Gewohnheit alles vom Staate zu erwarten, alles ihm zuzumuthen, alles dem Staat zur Last zu legen und — folgerichtig — die Verbesserung verdorbener Zustände von politischen Revolutionen zu hoffen, statt sie auf dem Weg bürgerlicher und häuslicher Tugenden zu erstreben. Der Socialismus ist nichts anderes als die höchste Potenz dieses Systems, welches im Widerspruch steht mit allen Bedingungen wahrer Freiheit. In einem Staate, wo derselbe regiert, werden die Bürger stets geneigt sein, den Staatsdienst als eine Versorgungsanstalt anzusehen. Die vielen Anstellungen, deren Patronat in den Händen der Regierung liegt, sind ein Hebel für die herrschenden Parteien, um sich, gegen das allgemeine Interesse, am Ruder zu erhalten; sie sind aber auch eine die Begierden stachelnde Beute für diejenigen, welche nach der Herrschaft trachten. Und als erworbene Beute werden dann die Staatsstellen angesehen von denjenigen, welche nicht ihrer Befähigung, sondern politischem Treiben und der Gunst der Intrigue dieselben zu verdanken haben. Die Interessen des Volkes sinken zur Nebensache herab und werden geopfert der Unfähigkeit und der Habsucht. Dann sieht man auch jene Beispiele unverantwortlicher Verschwendung und nutzloser Unternehmungen, bei denen die Unsinnigkeit des Gedankens unter der Grossartigkeit der Form zu verhüllen versucht wird.

Wenn auch gerne zugegeben werden darf, dass gewisse Erscheinungen, die wir in andern Ländern zu Tage treten gesehen haben, in der Schweiz moralisch unmöglich sind, so liegt uns doch jene Gefahr des bureaukratischen Socialismus — wie ich das System nennen möchte — näher, als Manche zu glauben geneigt sind. Parteien, welche in nie ruhendem Streit um den periodischen Besitz der Herrschaft ringen, haben sich freilich bis dahin nicht, wie anderwärts, zu jener vollkommenen Organisation ausgebildet, weil die mit dem Besitz der Herrschaft verbundenen materiellen Vortheile noch nicht lockend genug sind in der Schweiz. Dennoch sehen wir etwas Aehnliches im Kanton Bern, wo die grössern Gebietsverhältnisse einen weitern Spielraum und grössern Machtgenuss gewähren als in kleinern Kantonen. Gegen centrale Absorbirungstendenzen besitzen wir zwar noch einen starken Damm in dem cantonalen Element, aber nur so lange als er sich nicht überfluthen lässt. Und es lässt sich nicht läugnen, dass gerade von jener Seite ihm Gefahr droht. Die Symptome der Begehrlichkeit gegenüber dem Staat tauchen viel häufiger auf als früher; wir haben es anderwärts gesehen, wie geschickt die Parteitaktik der in diesem Trieb liegenden Waffen sich zu bemächtigen weiss. Sehen wir aber hievon ab und auf unsere gegenwärtigen constitutionellen Einrichtungen, so muss man gestehen, dass auch in diesen die wünschbare Gewähr nicht gefunden werden kann gegen jedwede Besorgniss des Missbrauchs oder der Missverwaltung öffentlicher Unternehmungen. Die Zusammensetzung der obersten Executivbehörde des Bundes wird noch lange aus politischen Combinationen hervorgehen: gewisse bedeutendere Kantone werden stets aus wichtigen Rücksichten durch gewisse Persönlichkeiten im Bundesrath vertreten sein müssen. Dass die politisch Einflussreichen aber zugleich Fachkundige sind in dem complicirten Getriebe eines industriellen und finanziellen Mechanismus, hiegegen spricht die Erfahrung sowohl als die Natur der Sache. Und doch dürfte Niemand es verkennen, welch eine grosse Gefahr für den Erfolg von Unternehmungen so schwieriger Natur entstehen müsste, sobald anstatt Fachkunde Unkenntniss, anstatt Einsicht der Zufall sie regierte.

Sie sehen, dass ich keinen Illusionen mich hingebe in Hinsicht auf die unvermeidlichen Nachtheile, von welchen unser Einbahnwesen bedroht wäre, im Fall das Schicksal desselben in die Hände des Staates gelegt würde. Erwägen wir nun aber auch diejenigen Bedenken, die auf der entgegengesetzten Seite sich geltend machen dürften, gegen den Vorschlag nämlich, die Sache Privatgesellschaften anzuvertrauen. Die Erfahrungen Englands und Frankreichs, wo dieses letztere System vorgezogen wurde, sollten für uns nicht verloren sein, und die vielfachen Stimmen, die in beiden Ländern sich erhoben haben für den Rückkauf der Eisenbahnen durch den Staat, selbst mit schweren Opfern, welche sogar diesen Rückkauf als eine früh oder spät unausweichliche Nothwendigkeit in Aussicht stellen, verdienen gewiss einige Beachtung. Wir wollen absehen von den verwerflichen Schwindeleien, vermittelst deren das Eisenbahnfieber vor einigen Jahren angeregt, genährt und zu einem Paroxysmus gebracht wurde, während dessen Dauer das Publikum, gleich einer Heerde willenloser Schafe, von einer Anzahl kühner und gewandter Speculanten ausgebeutet ward. Die bedauerlichen aber unvermeidlichen Folgen dieser Krankheit traten zu Tage in der Krisis von 1847, welche, gleich einer allgemeinen Calamität, in allen gesellschaftlichen Verhältnissen Verheerungen anrichtete. England namentlich bezahlte seine Unbesonnenheiten mit schweren Opfern; der Ruin einer grossen Zahl von Familien wird lange noch ein warnendes Denkmal bleiben. Indessen, das Gebäude der Täuschung stürzte zusammen, die Schwindler sind entlarvt, und es ist anzunehmen, dass unter dieser Form das Publikum sich nicht wieder betrügen lassen werde. Damit sind aber die bleibenden Nachtheile nicht beseitigt: täglich erheben in Frankreich der Handel und die Industrie ihre Klagen über die Willkürlichkeiten der Administrationen, welche die Presse in ihren Dienst zu bringen und die Gesetze zu umgehen wissen; über die Habgier der Administratoren, die, nicht zufrieden ungeheure Emolumente sich zu sichern, die Eisenbahnen noch indirecte zu ihrem Privatvortheil auszubeuten verstehen. Und auch in England, wo die öffentliche Stimme nicht so leicht sich bestechen lässt und eine grössere Gewalt ausübt, ist sie nicht mächtig genug, die Monopolsucht der Eisenbahndirectoren in Schranken zu halten und die Gefahr eines im Staate sich bildenden Staates zu beschwören. Sind solche Opfer nicht zu theuer für die Vortheile, welche man in der Privatadministration der Eisenbahnen finden mag? Allerdings ist — wie Sie sehr richtig bemerkt haben — die Privatindustrie feinfühliger, beweglicher, rascher, durchgreifender als Staatsbehörden; sie ist eher als diese Letztern im Stande, den Satz zur Anwendung zu bringen, dass öffentliche Unternehmungen ihr eigenes Interesse am besten in der Förderung des öffentlichen Interesses sichern. Aber ist es nicht denkbar, und wir sehen es ja, dass die Privatindustrie — ihrer innersten Natur nach, monopolsüchtig — die Vorzüge, welche sie besitzt, missbraucht, dass ihrer grössern Gewandtheit sie sich bediene, um selbstische, näher liegende Zwecke zu verfolgen? Denn keineswegs unter allen Umständen fallen die allgemeinen Interessen mit den besondern zusammen, namentlich da nicht, wo der Privatvortheil ein Monopol auszubeuten findet. Zudem ist der Egoismus stets kurzsichtig und nie geneigt, den kleinen Vortheil des Augenblicks einem weiter liegenden höhern Interesse zu opfern. Sie finden für die Wahrheit dieser Behauptung ein anschauliches Beispiel in Ihrer Nähe: es sind die seit Jahren andauernden Missverhältnisse zwischen der württembergischen Regierung und der Postverwaltung von Thurn und Taxis.

Ich erkläre mich als einen entschiedenen Anhänger des Princips, dass die Selbstthätigkeit des Staats im allerstrengsten Sinne nur auf dasjenige Gebiet beschränkt bleiben soll, welches Gemeinsache ist, dass der Staat in seinen unmittelbaren Wirkungskreis nur dasjenige ziehen dürfe, was im allgemeinen Nutzen geschehen muss, zugleich aber über dem Bereich einzelner Individuen oder Corporationen liegt. Unternehmungen, die nicht in diese Categorie zählen, gehören der freien privatlichen Concurrenz an, welche die vorzüglichste Triebfeder ist, um alle gesellschaftlichen Kräfte in Bewegung zu setzen und zugleich in sich selbst das sicherste Correctiv enthält gegen alle Uebergriffe und Monopol-Versuche Einzelner. Legen wir nun diesen Maßstab an den Gegenstand unserer Untersuchung.

Die Eisenbahnen sind, ihrer Natur und ihrem Zwecke nach, nichts anderes als vervollkommnete Landstrassen, mit dem wesentlichen Unterschied jedoch, dass der Betrieb einer Eisenbahn, die Befahrung derselben, nicht frei gegeben werden kann, wie es bei den Landstrassen geschieht. Aber gleichwie die Landstrasse eine Einrichtung ist, welche in unserer Zeit zu den Dingen erster Nothwendigkeit gehört für ein Volk, eine Einrichtung, deren bequemste und freieste Benützung jeder Staat allen seinen Bürgern möglichst leicht machen zu sollen glaubt, ebenso wird es anzusehen sein mit den Eisenbahnen. Wo eine Eisenbahn angelegt wird, tritt dieselbe an die Stelle der vorherigen Landstrasse; die Letztere wird verlassen und es steht Niemanden mehr frei von dem vervollkommnetern Beförderungsmittel Gebrauch zu machen oder nicht, so wenig als es einer Armee möglich ist, vom Schiessgewehr wieder zu Bogen und Pfeil zurückzukehren. Die Macht der Verhältnisse zwingt Jeden in der Reihe des Fortschritts mitzugehen; neue Erfindungen werden nicht nur Gemeingut, sondern sie üben auf das öconomische Leben einen Zwang aus, dem Alle sich unterwerfen müssen. Und die hieraus hervorgehende Abhängigkeit ist hier um so unbediugter, als kein Gegengewicht besteht, weil bei den Eisenbahnen die Macht der sonst überall so schnell ausgleichenden Concurrenz nicht sich wirksam machen kann: man baut nicht leicht Parallelbahnen. Im vollsten Sinn des Worts verleiht also der Besitz einer Eisenbahn ihrem Eigenthümer ein Monopol, und wenn dies wahr ist, so entsteht die Frage: darf ein solches Monopol in Privathände gelegt werden? darf der Staat seine Bürger dem Missbrauch desselben aussetzen? — Gewiss nicht!

Nun kann man aber, und mit vollem Recht, darauf hinweisen, dass es Mittel gibt, solchem Missbrauch vorzubeugen, durch wohlberechnete Concessions-Bedingungen, wie deren überall aufgestellt werden, wo der Staat das Eisenbahnwesen Gesellschaften überlassen hat. Diese Einwendung wäre beruhigend, wenn nicht die Erfahrung lehrte, dass solche Gesellschaften die Gesetze meistens zu umgehen wissen, wo dieselben ihren Interessen im Wege stehen, und dass ihnen dieses um so leichter wird, je mächtiger sie sind. Gesetze können nicht Alles voraussehen und namentlich ist dies unmöglich auf einem Gebiete, wo der menschliche Erfindungsgeist noch lange nicht sein letztes Wort ausgesprochen hat.

Wenn ich mit den vorstehenden, der Erfahrung entlehnten Gründen zu beweisen versucht habe, dass das allgemeine Interesse bedroht ist, da wo die Eisenbahnen einem Privatinteresse unterworfen sind, und wenn man zugeben will, dass ihrer Natur und ihrem Zwecke nach, die Eisenbahnen nicht in das Gebiet der Privatindustrie gehören, so bleibt nur noch ein letztes, in unsern besondern Verhältnissen liegendes Argument übrig, welches nach der nämlichen Seite hin in die Waagschale fällt. Es wird wohl Niemand darüber sich Illusion machen, dass ohne Staatsunterstützung in gegenwärtiger Zeit an die Erbauung von Eisenbahnen in der Schweiz nicht zu denken ist. Ob nun diese Unterstützung in der Form eines Anlehens stattfinde, welches der Staat zu dem angegebenen Zwecke aufnimmt, oder ob dieselbe durch eine Zinsgarantie geleistet wird — Verbindlichkeit und Gefahr sind die nämlichen. Die Zinsengarantie scheint sogar das minder vortheilhafte, denn in diesem Fall läuft der Staat nur die schlechten Chancen, während die guten den Eigenthümern der Bahn angehören. Und so weitreichende Verbindlichkeiten einzugehen, für Unternehmungen, deren Leitung in andern, unabhängigen Händen liegt, dürfte doch auch mancherlei Bedenken gegen sich haben.

Wo liegt nun der Ausweg aus diesem Dilemma?

Die Gefahren, dem Staate das Eisenbahnwesen in die Hände zu geben, sind unleugbar. Dasselbe aber der Privatindustrie zu überantworten, scheint fast noch weniger zu rechtfertigen. Sollte nicht ein vermittelndes System möglich sein, ein System, wodurch den auf beiden Seiten liegenden Nachtheilen ausgewichen würde, in welchem hingegen dem Staat seine legitime, nothwendige Influenz gewährleistet und zugleich dem Unternehmen die Vortheile einer stets sachkundigen, in ihrer innern Thätigkeit ungehemmten Administration gesichert wären? Sie erinnern sich vielleicht, dass bei unseren Eisenbahnbesprechungen in Bern ein solcher Gedanke mir vorschwebte. Ich habe seitdem diesen Gedanken zum Gegenstand öfterer Ueberlegung gemacht und dessen Anwendung auf die gegebenen Verhältnisse versucht. Erlauben Sie nun, dass ich die Grundsätze, welche sich daraus entwickelt haben, Ihnen mit wenig Worten noch darlege:

1. Bau und Betrieb der Eisenbahnen wären gemeinschaftliches Unternehmen des Bundes und der Kantone, in denen Eisenbahnen angelegt werden.
2. Der Maßstab der beidseitigen Betheiligung würde festzusetzen sein.
3. Die allgemeinen Bestimmungen über Anlage von Eisenbahnen sollten dem Bunde zustehen, welcher auch die Oberaufsicht über ihren Bau und Betrieb auszuüben hätte.
4. Die specielle Leitung und Ausführung des Baues, sowie des Betriebs, geschähe durch besondere Verwaltungsbehörden, welche vom Bundesrath und den betreffenden Kantonsregierungen gemeinsam aufgestellt würden. Diese Verwaltungsbehörden hätten sich unabhängig zu bewegen, innerhalb des ihnen durch die Gesetze und allgemeinen Verordnungen angewiesenen Spielraums.

Als nähere Ausführungspunkte fände ich dann im Wesentlichen noch vorzuschlagen:

a. Das Capital wird gegen Obligationen von Fr. 500. — aufgenommen, wofür der Bund in Verbindung mit den Kantonen 3½ % (4 %) Zins garantirt.
b. Bis zu 4 % Reinertrag fällt den Obligationen zu; vom Mehrertrag ⅓ den Obligationen, ⅓ den Angestellten, ⅓ dem Reservefonds.
c. Die Schweiz wird in zwei Eisenbahngebiete getheilt, ein östliches und ein westliches. — Die Scheidungslinie geht von Basel über Luzern an den Langensee. — Jedem dieser Gebiete ist eine besondere Verwaltung vorgesetzt.
d. Die Verwaltung besteht aus einem Verwaltungsrath für die allgemeine Leitung und aus einem Directorium für die specielle, persönliche Leitung.
e. Die Mitglieder des Verwaltungsraths werden von den Kantonen, nach Massgabe ihrer financiellen Betheiligung vorgeschlagen und vom Bundesrath ernannt. Sie beziehen Taggelder.

f. Das Directorium besteht aus wenigen Fachmännern, mit fixem Gehalt und Antheil am Gewinn. Dasselbe wird vom Verwaltungsrath gewählt.

g. Anstellungen über Fr. 1200. — Gehalt gehen vom Verwaltungsrath aus; solche darunter vom Directorium.

h. Eine ständige Rechnungs-Revisions-Commission, von 3 à 5 Mitgliedern, wird vom Bundesrath in Gemeinschaft mit den Kantonen erwählt. Dieser Commission steht das Recht zu, jederzeit Bücher und Cassen zu untersuchen.

Dieses sind die wesentlichen Grundzüge eines Systems, dessen Absicht, wie gesagt, darauf ausgeht, es zu verhindern, dass das Eisenbahnwesen für den Staat eine Quelle von Uebelständen, ein Ausgangspunkt nach einer falschen, verderblichen Richtung werde, welches zugleich der Gefahr vorzubeugen sucht, dass die Leitung des Eisenbahnwesens entweder in unfähige oder in solche Hände gerathe, die statt des allgemeinen Vortheils Privatzwecke zu befördern geneigt sein möchten.

Darf ich Sie nun um Ihr Urtheil darüber bitten."

. . . .

BASEL, 25. September 1850.

Verehrtester Herr und Freund!

„Es ist mir endlich vergönnt, nach unfreiwilliger Unterbrechung, unsern Eisenbahn-Briefwechsel wieder aufzunehmen. Indem ich, zu diesem Ende, Ihre werthe Zuschrift vom 6. d. zu beantworten mich anschickte, kam mir auch Ihr Schreiben vom 23. zu. Aus Beider Inhalt geht hervor, dass die Gründe für die Ausführung der Bahnen durch Gesellschaften in Ihren Augen immer noch die gewichtigern sind, und in der Erstern entwickeln Sie namentlich, wie den Nachtheilen, die ich in diesem Modus erblicke, durch wohlberechnete Concessionsbedingungen vorgebeugt werden könnte. Bei mir hingegen haben sich die Bedenklichkeiten gegen Gesellschaftsbahnen seitdem eher gesteigert, und dies besonders, nachdem ich die Sache nicht mehr vom weitern Standpunkt politischer und öconomischer Zweckmässigkeit allein, sondern auch vom näherliegenden Standpunkt financieller Ausführbarkeit betrachtete. Ihre Aufmerksamkeit auf diese letztere Seite der Frage zu lenken, soll hauptsächlich die Aufgabe der nachstehenden Zeilen sein.

Lassen wir es also für jetzt unentschieden, ob die Eisenbahnen, ihrer Natur nach, in den Bereich der Staatsunternehmung gehören oder nicht; wenn gleich die Thatsache, dass man so ziemlich einig ist über die Nothwendigkeit sowohl als die Zweckmässigkeit einer namhaften Staatsbetheiligung, fast die Bejahung jener Frage zu involviren scheint. Sehen wir auch ab von der weiteren Thatsache, dass mehrere Staaten — Sachsen z. B. mit beinahe unerschwinglichen Opfern — darauf ausgehn, von den Gesellschaften sich loszukaufen, während nirgendwo das Gegentheil erstrebt wird, obgleich es fast leichter scheinen sollte, Gesellschaften zur Uebernahme einer bereits im Betrieb befindlichen Bahn zu finden, als Gesellschaften zu bilden für neue Bahnunternehmungen. Nehmen wir vielmehr an, die für den Staatsbau aufgerufenen Principien haben für uns kein Gewicht und die Erfahrungen anderer Länder nur insofern Bedeutung, um uns in der Aufstellung sichernder Concessions-Bedingungen zu leiten. Die Frage stellt sich alsdann: zu welchen Bedingungen wird die Schweiz, unter den gegenwärtigen Umständen, Gesellschaften finden für die Ausführung und den Betrieb ihrer Eisenbahnen?

Die Antwort auf diese Frage steht zu lesen auf den Curszetteln der grossen Geldmärkte. Schweizerische Eisenbahnactien werden sich classiren, wie die Actien anderer Länder, nach dem Zins, den sie versprechen oder abwerfen. Eine Gesellschaft für irgend welche schweizerische Bahn wird erst dann sich bilden, wenn ihren Capitalien ein Ertrag in Aussicht gestellt ist, nicht geringer als derjenige, den andere Unternehmungen ähnlicher Art gewähren. Und überdies werden die Gründer einer solchen Gesellschaft noch einen ansehnlichen Nutzen für sich in Anspruch nehmen, weil unter den dermaligen Verhältnissen die Aufbringung grösserer Capitalien für Eisenbahnzwecke keine ganz leichte Aufgabe ist. Die vielen Täuschungen, welche den Capitalisten auf diesem Gebiete erwachsen sind, haben eine grosse und allgemeine Abneigung gegen dergleichen Capitalverwendungen verbreitet. In der Schweiz ist man instinctiv allem Actienwesen abhold; man wäre also vornehmlich auf das Ausland angewiesen. — Folgendes sind nun die letzten Curse einiger der bedeutendern Bahnen Englands und des Continents:

England.	Letzter Jahresertrag.	Curs.
Great Eastern	4 %	72 %
Lancashire Yorkshire	$3^{1}/_{2}$ %	49 %
Bristol & Exeter	$3^{3}/_{8}$ %	66 %
Great Southern Western	3 %	68 %
Frankreich.		
Paris-Rouen	$6^{2}/_{5}$ %	122 %
St. Germain	5 %	80 %
Paris-Orleans	$11^{2}/_{5}$ %	157 %
Strasbourg-Bâle	$2^{1}/_{15}$ %	34 %

Deutschland.

Berlin-Anhalt	4 %	95 %
Berlin-Hamburg	4 %	91 %
Düsseldorf-Elberfeld	4 %	93 %
Kiel-Altona	4 %	91 %
Stargard-Posen	$3^{1}/_{3}$ %	$81^{1}/_{4}$ %
Oesterreich. Nordbahn	$5^{1}/_{2}$ %	111 %

Es geht aus dieser Zusammenstellung hervor, dass Capital in Eisenbahnen investirt, gegenwärtig in England 6 à 7 %, in Frankreich 5 à 6 %, theilweise auch 7 %, in Deutschland $4^{1}/_{2}$ auch 5 % abwirft. Wobei zu bemerken, dass bei mehreren preussischen Bahnen die Regierung einen Zins garantirt. Nun wird wohl Niemand erwarten, dass bei der Bildung von schweizerischen Eisenbahngesellschaften ein anderer Maßstab als der Curs des Geldmarktes den Werth der Actien und somit die Bedingungen bestimmen werde. Wenn auch die öffentlichen Zustände der Schweiz mehr Zutrauen verdienen mögen, als diejenigen anderer Länder, so bringt man das bei Eisenbahnactien weniger in Anschlag als bei Staatsanlehen. Ich glaube demnach, dass Leute, die mit dem Geldmarkte vertraut sind, wohl meiner Ansicht beistimmen werden, wenn ich sage, dass gegenwärtig schweizerische Eisenbahnactien, mit einer Zinsgarantie des Staats von 4 %, bei keinem Bankierhaus höher als zu 90 % Eingang finden dürften. Denkt man sich aber noch den Fall, wo Actien mehrerer schweizerischer Gesellschaften in Concurrenz an den Markt kämen, so müsste hiedurch der Curs noch tiefer gedrückt werden.

Ganz anders hingegen würde die Sache sich gestalten, bei einem einfachen Eisenbahnanlehen der Eidgenossenschaft, mit theilweiser Rückbürgschaft der Cantone für den Zins, dessen Obligationen blos nach Massgabe der Bedürfnisse emittirt würden. Solche Obligationen müssten in der Schweiz selbst viele Abnehmer finden, und zwar, wenn man mit mässigen Summen, nach und nach aufträte, mit Leichtigkeit zu 4 % al pari. Bei einer solchen successiven Ausgabe der Obligationen könnte man auch von allen günstigen Conjuncturen des Geldmarktes Nutzen ziehen, und vielleicht in einem Jahre schon, wenn Ruhe und Frieden nicht gestört werden, zu $3^{3}/_{4}$ %, $3^{1}/_{2}$ % und möglicherweise darunter, Geld finden, während man bei Gesellschaften auf lange Jahre hinaus sich bindet. Auch im Ausland würden solche Obligationen viel beliebter werden, als Actien. Es mag vielleicht ein Widerspruch darin zu liegen scheinen, dass Actien mit Zinsgarantie einen geringern Werth haben sollen, als Obligationen, die auf keiner grössern Sicherheit beruhen. Und dennoch ist das der Fall: dem Namen „Actie" klebt in so vieler Augen ein Makel an. Ein wesentlicher Unterschied ist übrigens dieser, dass ein Actiencapital mit einem Male, wenigstens für jede einzelne Bahn, an den Markt gebracht werden muss, also diesen letztern drückt, während bei einem Anlehen ein viel vortheilhafteres Verfahren eingeschlagen werden kann. Für den Curs, zu welchem man gegenwärtig mit einem schweizerischen Eisenbahnanlehen auftreten könnte, sind die Notirungen der wenigsten auswärtigen Staatspapiere massgebend, weil ohne allen Zweifel der schweizerische Staatscredit auf vortheilhaftere Bedingungen Anspruch machen dürfte, als derjenige der meisten andern, überschuldeten Länder. Bayerische $3^{1}/_{2}\%$ stehen auf $84^{1}/_{4}\%$, also zu einem Zinsfuss von $4^{1}/_{6}\%$; Württembergische $4^{1}/_{2}\%$ auf $98^{1}/_{8}\%$, also zu $4^{5}/_{8}\%$, während $3^{1}/_{2}\%$ Frankfurter Staatsobligationen auf $94^{1}/_{4}\%$ und 3% engl. Consols auf 97% stehen. Nach diesem letztern Maßstab dürfte die Schweiz wohl hoffen dürfen, ein mässiges Anlehen zu 4%, vielleicht selbst zu $3^{3}/_{4}$ al pari zu finden.

Die vorstehenden Gründe haben mich gänzlich abgebracht von meinem frühern Gedanken einer Betheiligung der Darleiher an den Erträgnissen der Bahnen. Eine solche Betheiligung würde unter den gegenwärtigen Verhältnissen für nichts angeschlagen werden, sie würde den Curs unserer Papiere um keine 2% verbessern. Man gibt heutzutage gar wenig für Hoffnungen. Dagegen habe ich die Ueberzeugung, dass unsere Bahnen — die vernünftigen nämlich — sehr vortheilhaft sich rentiren werden. Wenige Gegenden in Europa erfreuen sich eines so regen innern Verkehrs, einer so dichten industriellen Bevölkerung wie der grössere Theil der Schweiz; kein Land hat einen so bedeutenden, alljährlich anwachsenden Fremdenzufluss. Ferner haben die Unkosten des Baues der Eisenbahnen, sowie des Betriebs, seit 15 Jahren vielleicht um 25 bis 30 % sich vermindert; die Betriebskosten namentlich werden mit den unzweifelhaften weitern Fortschritten der Wissenschaft in noch viel stärkerm Grade reducirt werden können.

Vor wenigen Tagen kündigte ein Ingenieur in der „Allg. Zeitung" eine Erfindung an, womit derselbe $^{15}/_{16}$ oder 90% an den Erzeugungskosten des Dampfes zu ersparen verspricht. Es mag diese Erfindung, wie so manche hervorgegangene, was die Engländer nennen ein „Humbug" sein, so wird man doch die Möglichkeit zugeben, dass die letzten 50 Jahre noch Unglaublicheres zu Tage gefördert haben. Sollen wir nun die günstigen Aussichten, welche auch von dieser Seite sich eröffnen, auf lange Jahre hinaus Privatgesellschaften überlassen? Auf dieses werden Sie wohl erwidern, dass auch hiefür in den Concessions-Bedingungen vorgesorgt werden kann, indem man ein jeweiliges Rückkaufsrecht zu Gunsten des Staats stipulirt. Allein ich möchte doch bitten, auf diesen Ausweg nicht zu viel zu bauen. Die Gesellschaften, welche sich bilden möchten, werden nicht beliebige Bedingungen sich dictiren lassen; sie werden sich nicht herbeidrängen, sondern der Staat wird sie suchen müssen und also eher ihrer Discretion unterworfen sein, als die Gesellschaften der seinigen. Die Rückkaufsrechte würden bis dahin auf einen mehr oder minder weiten Termin vorbehalten; die ersten 20 bis 25 Jahre würde man jedenfalls der Gesellschaft überlassen müssen; wie viel kann aber nicht in einem solchen Zeitraume anders sich gestalten? Wenn das Unternehmen unvortheilhaft sich erweisen sollte, so würden die Gesellschaften allerdings keine Schwierigkeiten erheben; im umgekehrten, wahrscheinlichen Fall dagegen würden sie auch Mittel finden im Besitz desselben sich zu erhalten, selbst gegen den Staatsvortheil. Oder sollte es nicht denkbar sein, dass es ihnen, wie man das anderwärts sieht, gelänge, die jeweiligen Machthaber in ihr Interesse zu ziehen und die papierenen Damoclesschwerter der Concession zu Illusionen zu machen?

Dies Alles erwägend, befestige ich mich immer mehr in der Ueberzeugung, dass auch in finanzieller Beziehung die Schweiz viel nachtheiliger sich stellen würde, wenn sie ihre Bahnen Gesellschaften übergäbe, als wenn der Staat dieselben übernimmt.

Nun noch einige Worte zur Vertheidigung des in meinem letzten Briefe vorgeschlagenen Verwaltungs-Organismus. Sie machen demselben den Vorwurf, er möchte schwerfälliger sein, als die Verwaltung von Gesellschaften. Ich glaube das nicht zugeben zu müssen. Mit einer Gesellschaft bekommen Sie sogar eine Instanz mehr, als nach meinem Plan, nämlich die Actionärversammlung, welche zwischen die Verwaltung und die oberaufsichtführende Staatsbehörde sich stellt. Freilich sind diese Actionärversammlungen macht- und willenlose Körper. Eine gewandte Verwaltung leitet sie nach ihrem Gutdünken. In England liessen die Actionäre blindlings ihre Directorien so lange gewähren, bis ein allgemeiner Ausbruch von Scandal erfolgte. In Frankreich geht es kaum besser. Es ist dies auch ganz erklärlich. Die Actionäre grosser Gesellschaften wohnen weit von einander zerstreut, kennen sich nicht, haben auch kein gemeinschaftliches Band, als den Curs ihrer Actien. Wer ihnen diesen hoch erhält, auf welche Weise es geschehen mag, erlangt ein Recht auf ihr Zutrauen; sinkt der Curs, so fragen die Actionäre weniger nach der Ursache, als dass sie suchen ihrer Actien so schnell und so gut wie möglich los zu werden. Wer sein Geld in einem derartigen Unternehmen anlegt, thut es selten in der Absicht den Widerwärtigkeiten eines Streites mit der Direction sich zu unterziehen. Ein nahes Beispiel ist die so vielfach und mit Recht im Publikum angefochtene Verwaltung der Strassburg-Baseler-Bahn, die jedoch in aller Ruhe von Paris aus regiert und ebenso dort ihre alljährlichen Generalversammlungen abhält. Ein anderes Beispiel liefert ein neuerlicher Vorfall bei der Generalversammlung der Boulogne-Amiens-Eisenbahngesellschaft. Die Actien dieses Geschäfts stehen sehr niedrig. Es lag ein Vorschlag zu einer Verschmelzung mit der in günstigen Verhältnissen befindlichen Nordbahn vor, durch dessen Annahme die Dividende von Fr. 9. 60 auf Fr. 25. —, also auf mehr als das $2^{1}/_{2}$fache erhöht worden wäre. Die Administratoren der Boulogne-Bahn aber, welche Fr. 65,000. — Taggelder jährlich beziehen, und in Folge jener Verschmelzung überflüssig sich gesehen hätten, fanden den Vorschlag unvortheilhaft. Bei der zur Verhandlung anberaumten Generalversammlung erschienen 38 Actionäre, die 4598 Actien repräsentirten, von welchen letztern 3000 in einer, den Administratoren zur Verfügung stehenden Hand. Das Actiencapital der erwähnten Gesellschaft besteht aus 75,000 Actien und beträgt Fr. 37,500,000. — Auf diese Weise werden grosse Gesellschaften geleitet und ihre Interessen gewahrt. Was hätte die Schweiz zu erwarten von Gesellschaften, deren grössere Mitgliederzahl aus Ausländern bestünde, welche den Maßstab zur Beurtheilung der Verwaltung nirgendwo als auf dem Curszettel suchen würden?

In dem durch meinen letzten Brief entwickelten Vorschlag liegt allerdings eine Vermittlung zwischen dem System der Gesellschaften und demjenigen der Staatsleitung; eine Vermittlung, von der ich immer noch glaube, dass sie geeignet wäre, die Vorzüge beider Systeme in sich zu vereinigen und die Nachtheile derselben auszuschliessen. Stellen wir die Eigenthümlichkeiten beider Systeme einander gegenüber, so finden wir:

	Vorzüge:	Nachtheile:
Gesellschaften:	Thätigkeit, Beweglichkeit.	Sonderinteresse, Monopolsucht.
Staat:	Vorsorge für die allgemeinen Interessen.	Bureaukratie.

Die Aufgabe besteht also darin, einen Verwaltungsorganismus zu combiniren, welcher, neben den practischen Vorzügen der Privatindustrie, zugleich auch die moralischen Eigenschaften besitze, die man bei den im allgemeinen Interesse aufgestellten Staatsbehörden voraussetzt. Und dieser Zweck scheint mir erreichbar auf dem angegebenen Wege. Gewiss würden die Kantone, welche nicht nur mit ihren Staatscassen, sondern fast mehr noch mit allen ihren Verkehrsinteressen an den guten oder schlechten Betrieb der Eisenbahnen geknüpft sind, bessere Verwaltungswahlen treffen, als eine gleichgültige und persönlichen Intriguen so zugängliche Actiengesellschaft. Eine solche Verwaltung aber würde auch für das Directorium mit Sorgfalt diejenigen Männer zu wählen wissen, deren specieller und persönlicher Obhut so nahe und wichtige Interessen ihrer Mitbürger anvertraut werden sollen. Die Verwaltung würde in dieser Weise eine schweizerische, im ausschliesslich inländischen Interesse werden, während mit Gesellschaften die Gefahr sehr nahe liegt, dass die Capitalmacht ein einseitiges und übergrosses Gewicht ausüben möchte.

Hiemit schliesse ich für heute.

Sie werden mir hoffentlich Ihr Urtheil über meine Eisenbahngedanken nicht vorenthalten und in der angenehmen Hoffnung Ihrer Nachrichten, bitte ich Sie, etc. etc."

Gestützt auf das durch die technischen und commerciellen Experten gelieferte Material, legte dann der Bundesrath am 7. April 1851 der Bundesversammlung seinen Bericht und Gesetzesentwurf vor. Der Bericht darf als ein im Ganzen dürftig abgefasstes Actenstück bezeichnet werden, wie denn überhaupt der Bundesrath sich in dieser wichtigen Frage sehr passiv verhalten hat.

Art. 7 des Gesetzesentwurfs besagt:

„Bau und Betrieb der in Art. 2 bezeichneten Abtheilung (also der anerkannten Hauptlinie des Netzes) sind ein gemeinschaftliches Unternehmen des Bundes und der Kantone, die sich bei Ausführung einer Abtheilung besonders betheiligen."

. . . .

Dann setzt Art. 9 fest:

„Zum Zwecke der Beibringung der nöthigen Geldmittel sind für jede Abtheilung Partialen, unter dem Namen schweizerische Eisenbahnpartialen auszugeben, deren Inhabern der Bund einen Zins von wenigstens $3^{1}/_{2}$ vom Hundert garantirt"

und endlich bestimmt Art. 10:

„dass wenn ein Reinertrag zur Deckung des Zinses nicht ausreiche, der mangelnde Betrag zu einem Drittheile vom Bund und zu $^{2}/_{3}$ von den betheiligten Kantonen zu bestreiten sei."

Es war dies die von Rathsherr Geigy befürwortete Combination.

Die Bundesversammlung trat in die Frage nicht sofort ein, sondern der Nationalrath wies sie an eine Commission von 11

Mitgliedern. Diese Commission spaltete sich in eine Mehrheit für den Staatsbau und in eine Minderheit für den Privat-Bau. Beide Fraktionen stellten gesonderte Anträge und zwar im Mai 1852.

Das Volk in seiner Gesammtheit stand damals der Eisenbahnfrage sehr kühl gegenüber. Gewisse Landestheile, namentlich die agrikolen Kantone, waren sogar feindlich gestimmt. Es ist deshalb erklärlich, dass der Gedanke, den Bau und Betrieb der Eisenbahnen dem Bund und den Kantonen zu übergeben, bei der grossen Masse der Bevölkerung wenig Anklang fand. Nachdem dank der neuen Bundesverfassung die centralistischen Tendenzen auf dem Gebiet des Zoll-, Post- und Münzwesens so grosse Erfolge errungen hatten, musste sich doch Mancher fragen, ob man noch weiter gehen und dem Bunde auch das Verkehrswesen überlassen wolle. Man war einer Vermehrung der Bundesbüreaukratie und namentlich der Schaffung einer Bundesschuld abgeneigt.

Die vorwiegenden Gesichtspunkte gibt ein von der „Neuen Zürcher Zeitung" vom 13. Juli 1852 reproducirter Artikel der „Berner Zeitung" wieder, der allerdings erst nach dem Entscheid des Nationalrathes geschrieben wurde:

„BERN. Die Bernerzeitung bezeichnet die Interessen, welche in der Eisenbahnfrage spielen, wie folgt:

„Die östlichen Kantone stimmen für Privatbau, weil die dortigen Linien im Ganzen mehr Ertrag versprechen, als die Bahnen der mittleren und der westlichen Schweiz, weil sie so unabhängiger sind in der Bestimmung der Richtung der Bahnen und weil sie endlich den Verkehr über die Alpen auf ihre Seite ziehen können, nämlich von der Gotthardstrasse weg auf die Splügenstrasse. Sie stimmen für Privatbau, weil sie in dieser Weise die kürzesten Anknüpfungslinien mit den Rheinbahnen gewinnen.

BÜNDEN besonders stimmt für Privatbau, weil es in dieser Weise den Transit über den Gotthard auf den Splügen überzuziehen hofft.

ST. GALLEN, weil es so mit seiner unternehmenden Industrie eher die Concurrenzlinie Frauenfeld-Romanshorn erdrücken zu können hofft.

APPENZELL ist in der Frage lediglich ein Appendix von St. Gallen.

Thurgau stimmt für Privatbau, weil nach dem Majoritätsgutachten der Eisenbahncommission nicht die Linie Frauenfeld-Romanshorn empfohlen wird.
Mit dieser Linie wäre Thurgau für den Staatsbau gewonnen worden.

Zürich stimmt für Privatbau, weil es infolge dessen mehr oder minder zum Knotenpunkte des schweizerischen Eisenbahnwesens wird, und es dadurch in die Stellung gesetzt wird, den westlichen Kantonen die Bedingungen zu dictiren: „Willigt so oder so ein oder — wir führen die Bahn über Waldshut."

Luzern, weil es auf dem Wege des Staatsbaues nichts zu erhalten hoffte und zu wenig bedachte, dass durch Privatbau es noch viel weniger Aussicht dazu hat.

Die KLEINEN KANTONE stimmen gegen Staatsbau aus Kantonalismus.

Aargau war getheilt, weil sein Gebiet theils nach der Ostbahn (Waldshut), theils nach der Centralbahn (Olten) hingezogen wird.

Solothurn stimmte für Privatbau, weil von der Majorität der Commission die Linie durch den Oberaargau statt über Solothurn empfohlen ward.

Bern war getheilt: die Conservativen stimmten aus Kantonalismus und als principielle Gegner der Eisenbahnen für Privatbau; aus letzterem Motive auch zwei Radikale. Die übrigen dagegen für Staatsbau, weil nur in dieser Weise die westliche Schweiz der östlichen das Gleichgewicht zu halten vermag.

Freiburg für Staatsbau aus Princip.

Waadt für Privatbau aus Kantonalismus und weil es die Frage vom Standpunkte des Interesses der westlichen Schweiz zu wenig würdigt.

Wallis für Privatbau — aus Gleichgültigkeit.

Neuenburg für Privatbau — um eine Anknüpfungslinie an die französischen Bahnen durch sein Gebiet zu erhalten.

Genf für Privatbau aus Kantonalismus und weil es so mehr Aussicht hat zur Ein- und Ausgangsstation für die westliche Schweiz zu werden. Denn je östlicher die Verbindungslinie mit Basel zu stehen kommt, desto frequentirter wird die Linie über Genf nach Frankreich werden.

Tessin für Staatsbau, weil von Privatbau es nichts zu hoffen hat.

Schaffhausen für Staatsbau aus — Patriotismus!

Bei dem ergangenen Entscheide sind nun am schlimmsten weggekommen die Mittel- und Westschweizer, mit Ausnahme der Genfer. Alle an der Gotthardroute betheiligten Kantone stehen in der höchsten Gefahr, den Transit dieser Strasse vollständig zu verlieren, so gewiss nämlich, als die Linie Basel-Olten nicht zu Stande kommt. Die westliche Schweiz läuft Gefahr, um mit Basel zu verkehren, entweder die bisherige alte Hauensteinstrasse zu befahren, oder auf der Eisenbahn über Baden-Waldshut einen Umweg von 10—17 Stunden zu machen. Durch die unnatürlichste Coalition einiger Westschweizer mit den Ostschweizern hat der Nationalrath die Gewalt ganz aus den Händen gegeben, ein den Gesammtinteressen der Schweiz entsprechendes Eisenbahnsystem zu erhalten. Letzteres zu erreichen, wäre nur eins nöthig, nämlich: dass die Linie Basel-Olten als der einzige zulässige nördliche Ausgangspunkt des schweizerischen Eisenbahnsystems erklärt wird. Geschähe dies, so wäre allen Theilen der Schweiz gedient. Die Hauptlinie von Genf an den Bodensee würde ihre natürliche Richtung dann schon finden. Dem Osten und Westen, Norden und Süden und dem Centrum der Schweiz wäre damit gleichmässig geholfen."

Die Bernerzeitung schliesst ihre Charakteristik mit dem Wunsch, dass die Bundesgewalt wenigstens diese Einwirkung sich vorbehalte. Dieser Wunsch könnte nur erfüllt werden, wenn die Bernerzeitung nicht richtig charakterisirt hat."

Es wäre nun allerdings die Aufgabe der Volksvertreter gewesen, das Land über die Eisenbahnfrage aufzuklären und zu beruhigen. Allein gerade von den Mitgliedern der eidgenössischen Räthe scheint die wichtige Frage, ob Staats- ob Privatbau, nicht als eine Frage höherer Ordnung, nicht als eine principielle, sondern als blosse Interessenfrage behandelt worden zu sein.

Mit wenigen Ausnahmen trachtete jeder darnach, dass sein Kanton oder sein Bezirk möglichst bald eine Eisenbahn erhalte; Einzelne — und dies war noch schlimmer — suchten nicht nur ihre kantonalen oder Kirchthurms-Interessen zu fördern, sondern entgegengesetzte Bestrebungen, obwohl sie rationeller waren, zu schädigen.

Die den Staatsbau befürwortende Majorität hatte vorgeschlagen, das Netz, welches mit dem Stephenson'schen im Ganzen ziemlich übereinstimmte, in vier Gruppen einzutheilen und die Erstellung, somit auch die Erhebung der erforderlichen Gelder, auf 12 Jahre zu vertheilen, in der Weise, dass in den ersten 4 Jahren die erste Gruppe, nämlich:

Basel-Olten
Olten-Brugg
Brugg-Baden (Zürich),

in der zweiten Periode (5tes—8tes Jahr) die zweite Gruppe:

Morges-Yverdon
Yverdon-Murten
Murten-Bern
Bern-Olten
Zürich-Rorschach,

später dann vom 9ten Jahre an die dritte und vierte Gruppe:

Genf-Morges
Bern-Thun
Zweigbahn nach Solothurn
Olten-Luzern
Winterthur-Schaffhausen
Rapperswyl-Wesen-Glarus
Rorschach-Chur
Wallenstadt-Sargans
Biasca-Locarno

zur Ausführung kommen sollten.

Bei der oben angedeuteten Sachlage konnten diese Vorschläge nur wenige Anhänger finden, und mit diesen Vorschlägen fiel eben auch das Princip des Staatsbaues dahin.

In der That, als die wichtige Angelegenheit am 8. Juli 1852 vor dem Nationalrath zur Behandlung kam, beschloss der Rath, ohne dass eine allgemeine Discussion stattgefunden hätte, sofort, mit 68 gegen 22 Stimmen, in den Gesetzesentwurf einzutreten und zwar auf Grund des Minoritäts-Entwurfes.

Das Princip des Privatbaues hatte also gesiegt.

Ueber den wichtigen Entscheid des Nationalrathes liess sich Bankdirector Speiser in der „N. Z. Z." vom 17. Juli 1852 wie folgt vernehmen:

„Wie es vorauszusehen war, ist der Grundsatz des Staatsbaues vom Nationalrath mit ansehnlicher Mehrheit verworfen worden. Ohne Debatte, ohne den Gründen für und wider nur ein Wort zu gönnen, man kann wirklich sagen „instinktmässig" haben die Vertreter des Schweizervolkes in so folgenreicher Frage beschlossen, in einer Frage, wahrscheinlich viel wichtiger für alle unsere socialen, öconomischen und politischen Verhältnisse, als viele der Gesetzgeber wohl ahnen mochten. Wir sind wahrlich von Vielrednerei ein abgesagterer Feind, als dies dem Nationalrath nachgerühmt wird; aber es scheint uns, in dieser Sache wäre noch allerlei, nicht sowohl zu sagen als zu hören gewesen.

Das Resultat hat übrigens Niemand überrascht: es musste, wie bemerkt, erwartet werden. Die Meinungen waren bekanntermassen zum Voraus, zwar nicht gebildet, aber gebunden. Wozu noch eine Discussion, die eitel Zeitverlust sein würde, mochte man sich sagen, da die Voten ja zum zählen bereit lagen. Ueberdies stund ja schon längst die Eisenbahnfrage nach verschiedenen Seiten unbequem im Wege. Wiederum, und auf das vierte Jahr, sie hinauszuschieben, ging nicht wohl an; es musste also diesmal ein Ende damit gemacht werden und man erstickte sie zwischen Kissen! Ein ehrenvoller parlamentarischer Tod war ihr nicht gegönnt. Ueber die Motive zu sinnen, wodurch die heterogensten Elemente der Versammlung zur Bundesgenossenschaft, als gemeinsame Gegner des Staatsbaues, vereinigt wurden, das überlassen wir Andern. Es genüge zu sagen, dass sich die kleine Consequenz der Personen treu geblieben und die grosse Consequenz der Grundsätze verschmäht worden ist. Was aber heute Klugheit sein mochte, das wird sich, fürchten wir, morgen oder übermorgen als Kurzsichtigkeit erweisen. Keinenfalls sind die diesmal unterdrückten Worte gespart, sie werden später, und dann vielleicht zur unrechten Stunde, als üppige Saat aufgehen.

Dass der Ständerath den Beschluss des Nationalraths, im Grundsatz wenigstens, zu dem seinigen machen werde, unterliegt keinem Zweifel. Wir wünschen dies sogar. Wohl das Schlimmste, wie die Sachen jetzt liegen, wäre kein Beschluss, wo die Kantone, grundsatz- und zusammenhanglos verfahrend, unvermeidlich einer Eisenbahnanarchie uns entgegenführen würden. Hingegen möchten wir die Hoffnung äussern, die Berathung im Ständerathe werde die gefährliche Lückenhaftigkeit des nun massgebend gewordenen Minoritätsentwurfs an den Tag bringen und solcher möglichst abhelfen. Die nachfolgenden Bemerkungen haben keinen andern Zweck, als auf einige Punkte in dieser Hinsicht aufmerksam zu machen.

Betrachten wir das Verhältniss, in welchem die Privateisenbahnen zu dem Gemeinwesen stehen werden.

Den bisher ertheilten Concessionen nach wird die Gründung der meisten Gesellschaften im Auslande stattfinden und zwar durch fremde Speculanten, die kein anderes Motiv als der pecuniäre Vortheil leiten kann; voraussichtlich in wenigen Kantonen dürfte man den Unternehmungsgeist und die Thatkraft St. Gallens an den Tag legen und mit eigenen Händen die Sache angreifen. Wir bitten sehr den obigen Ausdruck „Speculanten" nicht in einem verächtlichen Sinn zu nehmen. Es braucht wahrlich, um einen Mann zu bilden, der zu grossartigen Unternehmungen die Fundamente legt, mehr und bessern Stoff, als zu jenen geringen Naturen, welche, unfähig zum Schaffen, nur zu beneiden und zu beklecksen wissen. Immerhin aber handelt der Speculant in einem andern Geiste, als der das allgemeine Interesse vertretende Staatsmann; die leitende Tendenz in einem von Privatinteressen gegründeten Unternehmen kann naturgemäss nicht dieselbe sein, wie bei einem der öffentlichen Wohlfahrt zu dienen bestimmten Werke. Während hier ein Erträgniss befriedigen wird, das die Unkosten deckt, muss die Administration eines Privatunternehmens auf alle Mittel Bedacht nehmen, darüber hinaus ihren Actionären Dividenden und einen stets steigenden Curs ihrer Actien zu sichern. Es ist allerdings wahr, in sehr vielen Fällen, obgleich nicht in allen, trifft das Interesse des Unternehmens mit demjenigen des Publikums zusammen. Mässige Taxen, häufige und bequeme Abfahrtsstunden, zahlreiche Stationen, comfortable Einrichtung der Wagen, Regelmässigkeit, Raschheit und Sicherheit des Dienstes vermehren nothwendigerweise die Zahl der Reisenden und erhöhen die Einnahmen. Allein nicht immer sehen die Administrationen dieses ein. Das Privatinteresse ist in der Regel kurzsichtig; es opfert nicht leicht den sichern Sperling in der Hand für die ungewisse Taube auf dem Dach. Und wenn gar nur der Sperling in der Hand gegen einen Sperling auf dem Dach zu tauschen ist, d. h. wenn die Wahl besteht zwischen zwei Betriebssystemen, wovon das eine zwar dem Publikum mehr Vortheil gewährt, der Administration aber mehr Anstrengung macht, das Andere hingegen, gleiche finanzielle Resultate versprechend, die Geschäftsleitung auf Unkosten der Bequemlichkeit des Verkehrs erleichtert, so wird in der Regel die Privatadministration das letztere System vorziehen. Wir sagen „in der Regel" und kommen hier auf einen wesentlichen Punkt zu sprechen, nämlich auf den Unterschied zwischen einheimischen und fremden Administrationen.

Es ist oben bemerkt worden, dass die von mehreren Kantonen ertheilten Concessionen für ausländische Hände bestimmt sind. Demnach steht zu erwarten, insofern diese Concessionen in Kraft treten, es werde Paris der Sitz der Administration dieser Bahnen sein, wie denn auch die meisten französischen Provinzialbahnen von Paris aus regiert werden. Wir sehen ab, nach dem Beispiel jener Kantonsregierungen, von der Erniedrigung, welche für die Schweiz in der Stellung eines französischen Eisenbahndepartements liegen mag; hingegen wollen wir auf folgende materielle Nachtheile aufmerksam machen. Von den beiden oben bezeichneten, einander gegenüberstehenden Betriebssystemen wird eine ausländische Administration immer dasjenige festhalten, welches bei gleich hohen Erträgnissen weniger Mühe gibt. Dass die Mühe der Administrationen mit dem Vortheil des Publikums in umgekehrtem Verhältniss steht, brauchen wir nicht zu bemerken. Die in Paris wohnenden Directoren einer schweizerischen Eisenbahn bleiben gleichgültig gegenüber allen lokalen Interessen und Bedürfnissen, für die ihnen sehr oft das Verständniss mangeln wird. Die öffentliche Meinung des Landes übt keinen Einfluss auf sie, ja, dringt nicht einmal zu ihnen durch. Ein moralisches Interesse, das der Einheimische in der Anerkennung seiner Mitbürger findet, besteht dort nicht; der Fremde kennt nur das positivste materielle Interesse. Es liegt dies auch ganz in der Natur des Verhältnisses und man würde sich lächerlich machen, Declamationen gegen den Eigennutz daran zu knüpfen. Ein Schweizer, Besitzer von französischen Eisenbahnactien, wird sehr wenig sich berührt fühlen von den Klagen der Anwohner der betreffenden Bahn; alle Mittel, wodurch die Administration ihm hohe Dividenden verschaffen und seine Actien auf gutem Curs erhalten kann, haben zum Voraus seine Billigung. Es ist klar, eine einheimische Administration würde auf einem ganz andern Boden stehen, eine solche könnte auf die Dauer niemals der von allen Seiten sie umgebenden öffentlichen Meinung widerstehen, und müsste immer, wenn auch zuweilen sich sträubend, den Verkehrswünschen und Bedürfnissen Rechnung tragen.

In der Macht einer Eisenbahnadministration liegt es aber nicht nur, Gutes zu unterlassen, sondern sie vermag auch Uebel zu stiften, namentlich mit Concessionen in der Hand wie die mehrerwähnten. Schon beim Bau, durch die Wahl und Anlage der Stationsplätze, können sehr wesentliche lokale und persönliche Interessen tief verletzt werden, zu Gunsten unrechtmässiger Einflüsse. Ferner hängt die Sicherheit des Betriebs einer Bahn in hohem Grade von ihrer Anlage ab. Auf gewissen neuern Bahnen Englands sind mehrere schwere Unglücksfälle vorgekommen, weil die Erbauer mehr das Interesse der Unternehmer als die Vorsorge für die Reisenden im Auge hatten. Diese Gefahr ist nicht gering in der Schweiz, wo der theure Grunderwerb und die mehrfachen Terrainschwierigkeiten sehr auf Kostenersparniss hindrängen. Wie schwer wäre die Verantwortlichkeit concessionirender Kantonsregierungen, wenn ihrem Mangel an Vorsicht ein Theil wenigstens der Schuld an grossen Unglücksfällen zur Last fiele.

In den Concessionsacten, welche vorliegen, sind Maxima festgesetzt für die Transporttaxen. Abgesehen von der Höhe derselben, wodurch der Verkehr ungebührlich belastet und der

Vortheil der Bahnen wesentlich geschmälert wird, verhindern diese Schranken keineswegs die ärgsten Missbräuche. Die Administration kann, im Interesse ihr nahestehender Personen, die Taxen für diese letztern herabsetzen und solchermassen, für gewisse Artikel verhältnissmässig kostspieligen Transports, ihren Freunden ein Monopol verschaffen. Ganze Localitäten vermag man auf diesem Wege empfindlich zu schädigen, indem man ihnen eine unüberwindbare Concurrenz gegenüberstellt. Auch in den Lieferzeiten gibt es Mittel, Einzelne zu bevorzugen zum Nachtheil Anderer und die empörendste Ungleichheit zu schaffen. Man glaube nicht, diess seien blosse Schreckbilder; zahlreiche actenmässig constatirte Thatsachen könnten als Belege dafür vorgebracht werden.

In den meisten Ländern haben die Regierungen, durch die Erfahrung belehrt, den Missbräuchen im Eisenbahnwesen, soweit diess möglich war, gesteuert, auf dem Wege der Gesetzgebung. Wir bitten aber zu bedenken, dass wenn eine gesetzgebende Behörde der Schweiz eine Concession ertheilt hat und es kommen nachher auch die schreiendsten Ungerechtigkeiten an den Tag, so ist sie nicht mehr berechtigt, retroactive Beschränkungen zu erlassen. Es wäre diess um so schwieriger ausländischen Gesellschaften gegenüber. Regierungsmassregeln so wenig als der deutlichste Ausdruck der Volksunzufriedenheit würden in solchen Fällen ihren Zweck erreichen. Eine Administration in Paris lässt sich mit einem „Putsch" nicht sprengen. Es ist bei der Discussion im Nationalrath bereits angedeutet worden: Grosse Staaten haben zum Grundsatz, ihre Angehörigen in ihren auswärtigen Interessen zu schützen, namentlich kleinen Staaten gegenüber.

Ein schweizerischer Dom Pacifico würde gewiss seinen Lord Palmerston finden, und doch hatte der griechische Dom Pacifico sein Domicil in Athen.

Wir schliessen mit der Hoffnung, man werde aus den vorstehenden Andeutungen Gründe dafür gefunden haben, dass erstens darauf hinzuwirken sei, unsere Eisenbahnen nur in die Hände einheimischer Administrationen gelangen zu lassen und dass zweitens, nach dem Muster anderer Gesetzgebungen, solche Pflichtenhefte oder Reglemente von der Bundesbehörde aufgestellt werden sollten, welche Eisenbahnmissbräuche kräftigst verhindern."

Das Gesetz selbst wurde am 26. Juli 1852 vom Nationalrath und am 28. des gleichen Monates vom Ständerath angenommen.

Wenn wir die Geschichte der Eisenbahnen in der Schweiz verfolgen und zugeben müssen, dass die Bedenken, welche die Majorität des Nationalrathes und einsichtige Männer gegenüber dem Privatbau geäussert, sich leider nur zu früh als berechtigt erwiesen haben, so darf doch ein Anderes nicht übersehen werden.

Es ist nämlich der Beweis doch auch nicht geleistet, dass der Bund, wenn er den Bau der Eisenbahnen übernommen hätte, allen Verlegenheiten entgangen wäre, und gewiss wären diese Verlegenheiten für die Schweiz als solche verhängnissvoller gewesen als diejenigen, in welche sämmtliche Gesellschaften in der Folge gerathen sind.

Noch mehr darf bezweifelt werden, ob der Bund die Entwicklung des Netzes in der gleichen Weise gefördert hätte, wie dies durch die Gesellschaften geschehen ist.

In letzter Hinsicht darf Folgendes angeführt werden: Nach dem Programm der Majorität sollte das Netz 750 Kilometer lang sein, die Kosten mit einspurigem Unterbau waren auf 125 Millionen veranschlagt (166,000 Fr. per Kilometer).

Im Jahr 1868, also auf den von der Majorität ungefähr in Aussicht genommenen Zeitpunkt, waren bereits gebaut worden 1295 Kilometer, welche gekostet hatten rund 440 Millionen (ca. 340,000 Fr. per Kilometer*).

Ich gehe nun zur nähern Betrachtung der Anfänge der Centralbahn über.

Die ersten baslerischen Eisenbahnbestrebungen fallen schon vor das Jahr 1845. Nachfolgende der „National-Zeitung" vom 25. August 1852 entnommene Notiz giebt darüber Aufschluss:

1845. 31. Mai: Merian'sche Schrift „über Eisenbahnen der Schweiz".
3. Juni: Anzeige eines Werkchens „die Anlegung von Eisenbahnen in der Schweiz".
14. Juni: Schluss: Dass eine Bahn mit ihren weitern Verbindungen nach Osten, Süden und Westen, gegen eine Bahn dem Rheine nach entschieden im Vortheil sein wird.
24. Juni: Vorstudien von Merian und Stehlin, als Belege für die technische Ausführbarkeit und den günstigen Betrieb einer Centralbahn nach Olten.
1. Juli: Centralbahn: Beschreibung.
6. December: Bericht von Intriguen der Zürcher Eisen-

---

*) Schweizerische Eisenbahnstatistik für das Betriebsjahr 1868 (pag. 6 und 20).

bahngesellschaft zur Hintertreibung der schweiz. Centralbahn; für die Ertheilung einer Concession für dieselbe soll ein Bahnhof in Birsfelden als Köder ausgeworfen sein.

1846. 13. Januar: Basellandschaft und die erste schweizerische Eisenbahn. Vergleichende Zusammenstellung dreier Bahnen, auf dem rechten Rheinufer, auf dem linken (Zürich-Birsfelden) und der dritten Linie, (Basel-Olten), in Bezug auf die dem Kanton gewährenden Vortheile.

24. Januar: Mittheilung über die Versammlung der Gründungsgesellschaft der schweizerischen Centralbahn am 22. Januar 1846 zu Basel.

7. Februar: Beleuchtung der Nachtheile eines Bahnhofes auf dem Birsfeld.

17. Februar: Concessionsertheilung des Standes Solothurn an die Baslergesellschaft. Dauer des Vertrags 8 Jahre.

28. Februar: Forderung eines Bahnhofes auf dem rechten Birsufer. Das Beharren auf einer vorgeschlagenen Beschränkung von Seiten des Landraths über den Anfangspunkt ist daher gleichbedeutend mit einer offenen Verweigerung jeder Concession und mit einer mittelbaren Unterstützung der Waldshuter Linie.

10. März: Ueber die Existenz der Gesellschaft Basels, ermöglicht durch das Beharren oder Nichtbeharren der Landschaft auf ihren Forderungen.

21. April: Die Nothwendigkeit der Centralbahn und Anlegen von Eisenbahnen im Allgemeinen werden als Forderungen der Zeit dargethan.

28. Juli: Stimmen aus Baselland. Abgeordnete von Bern bei dem Landrath behufs Darthuung der Nothwendigkeit der Centrallinie. Die Landschaft will vor Allem eine Centralbahn bis Olten und nur diese.

31. Juli: Spilsbury auf der Landschaft. Unbezahlte Zeche im Bubendorfer Bad.

1. August: Trifft Basel der Vorwurf der Verzögerung im Gedeihen der Nordbahnangelegenheit? Fortsetzung vom 31. Juli.

22. August: Die Landschaft verzichtet auf einen Bahnhof in Birsfelden und macht den directen Anschluss an die Elsässer Bahn zur Bedingung; sie verlangt 5 % vom Personenertrag und 2 Cts. für jeden transitirenden Centner.

28. August: Ueber die Erstellung einer obern Rheinthalbahn, den Anschluss an Basel, Fortsetzung bis Waldshut. Basel stellt zu harte Bedingungen, welche eine Einigung mit der badischen Regierung nicht erwarten lassen. Sauerbeck tritt mit seiner Bahn durch's Wiesenthal auf."

Basler Zeitung vom 15. Juli 1845:

„Begreiflich sind Basler dem Projecte einer Basel-Zürich-Bahn nicht hold. Durch diese Bahn würde Basel aus einem

Stapelplatz des Transithandels eine blosse Eisenbahnstation und dasselbe müsste zusehen, wie die Waggons nach ein Paar Minuten Rast mit dem Nutzen nach Zürich flögen."

Die Ereignisse von 1847 und 1848 hatten die Eisenbahnbestrebungen zum Stillstand gebracht, und auch nachher gab das alte Centralbahn-Comité nicht viele Zeichen seines Lebens, obwohl wie dies bereits erwähnt worden ist, gerade Basler in hervorragender Weise bei den durch den Bund veranlassten Untersuchungen sich bethätigt hatten.

Die Entwicklung der Dinge in der Bundesversammlung im Juli 1852 wurde von den Männern, die sich für die Frage interessirten, mit grosser Spannung verfolgt. Es scheint, dass sie sich noch bis zur letzten Stunde der Illusion hingaben, der Staatsbau werde den Sieg davon tragen und da durch Annahme desselben Basel sofort zu seiner Linie Basel-Olten gekommen wäre, wurde in der Sache auch nichts gethan, während z. B. St. Gallen, Luzern und Solothurn, die Lage richtiger beurtheilend, schon im März, Mai und Juni Concessionen auf ihren Cantonsgebieten ertheilt hatten.

Sogar der wichtige Beschluss vom 8. Juli 1852 vermochte nicht das Centralbahn-Comité aus seiner Passivität zu reissen und der Anstoss, die Sache einmal ernstlich an die Hand zu nehmen, kam nicht aus seiner Mitte.

Von wem dieser Anstoss ausgieng zeigt folgender von Bankdirector Speiser am 27. Juli 1852 an August Stähelin-Brunner gerichteter Brief:

BASEL, den 27. Juli 1852.

„Ich komme, nicht in Schulsachen,*) sondern in einer andern aber ebenso wichtigen Angelegenheit an Dich mich zu wenden — in Eisenbahnsachen nämlich. — Sind doch Volksbildung und Communicationsmittel die wichtigsten Hebel des Fortschritts in unserm Jahrhundert.

Der Beschluss der Bundesversammlung hat aus den Eisenbahnen Kantonssache gemacht und jedem Kanton also die Sorge für seine eigenen Interessen auf eigene Verantwortlichkeit übergeben. Die Lage, wie sie uns hiedurch gegeben ist,

---

*) Beide Herren gehörten nämlich der Inspection der damals neu errichteten realistischen Schulanstalten an.

müssen wir annehmen und die Verantwortlichkeit des gegenwärtigen Moments gegenüber der Zukunft erachte ich gerade für Basel als sehr schwer.

Du kennst die Zürcherischen Bestrebungen zur Umgehung Basels. Der Wille, diess vermittelst des Waldshuter-Anschlusses zu thun, steht dort fest bei allen Parteien, und bei der bekannten energischen Zähigkeit des Zürcher Characters darf man annehmen, sie werden alles daran setzen.

Eine andere, meiner Ansicht nach noch schwerere Gefahr der Umgehung droht uns von Neuenburg her. Grimaldi hat die Concession verlangt zur Erbauung einer Zweigbahn von Dôle nach Salins. Dieses Salins liegt 53 Kilom. von Verrières und 93 Kilom. von Neuchâtel. In Neuenburg wird nun lebhaft agitirt, die Verlängerung dieser Salinsbahn zu bekommen, wodurch die Route von Zürich oder Bern über Neuenburg nach Paris gegen diejenige über Basel nach Paris*) um 60 Kilom. kürzer sich herausstellen würde. Die Unkosten jener Bahn werden einspurig auf 6 Millionen angeschlagen und in den Neuenburgischen Regierungskreisen herrscht die Absicht, vermittelst einer Zinsgarantie das Unternehmen in's Leben zu rufen. Dass Grimaldi, resp. Marie Christine, diese Bahn, wodurch ihr Salz-Absatzrayon nach der Schweiz erweitert würde, unterstützen werde, unterliegt keinem Zweifel.

Von zwei Seiten droht uns also die Gefahr der Umgehung, und Basel, das an sich selbst wenig Anziehendes dem Reisenden bietet, muss besorgen zur einfachen Fabrikstadt herabzusinken; Baselland wird Unterwalden, der Hauenstein zu einer Art Brünig werden.

Diese Gefahr lässt sich beschwören, wenn wir unverzüglich und mit Energie die Centralbahn zur Hand nehmen. Es ist klar, dass dadurch die Unternehmung von Concurrenzlinien erschwert wird, weil der Hauenstein denn doch die vortheilhafteste ist; ebenso klar scheint, dass, auch in der Voraussetzung, die Concurrenzlinien kommen mit der Zeit dennoch zu Stande, es vortheilhafter ist, wir nehmen den Vorsprung, weil nachher, im Angesicht bereits bestehender Concurrenzlinien, das Unternehmen viel schwieriger zu verwirklichen wäre, Capitalien demselben weniger sich zuwenden würden.

Man fühlt dieses auch hier und ebenso in der Landschaft. In Liestal fängt man an sich zu bewegen. Ich bekomme alle zwei Tage Mahnbriefe von Regierungsrath Meyer, warum man nichts thue! In Solothurn und Aargau blickt man mit Sehnsucht nach Basel und würde alles thun, um uns zu unterstützen. Solothurn sieht ein, dass das Sulzberger'sche Nebelbild dem Verrinnen nahe ist. Aargau möchte um jeden Preis der verhassten Waldshuter-Bahn sich erwehren. Was Basel

---

*) Die damals über Strassburg und nicht über Mülhausen ging.

anbetrifft, so hat in der letzten Zeit die Stimmung gewaltig zum Vortheil der Eisenbahnen sich gewendet. Man sieht die Gefahr der Umgehung ein, man wurde auch ein wenig aufgestachelt durch die Zürcherischen Invectiven. Ich habe mich bemüht, rechts und links die Stimmung zu erforschen: nicht nur zeigt sich Ungeduld, dass etwas geschehen möge, sondern es herrscht auch im Allgemeinen die Meinung vor, das Unternehmen würde auch in finanzieller Hinsicht vortheilhaft sein. Was das Ausland anbetrifft, so sind von verschiedenen Seiten Zusicherungen da, dass man gerne sich betheiligen würde, sobald Basel vorangehe, aber nicht vorher.

Nach meiner Ansicht sollte es, vermittelst einiger Agitation, möglich sein, den hiesigen Geist auf denjenigen Wärmegrad zu bringen, dass 3 oder 4 Millionen unterzeichnet würden. Die übrigen 15 Millionen für die Fortsetzung nach Baden (welches unser strategischer Punkt ist) würden dann aus den andern Kantonen und vom Ausland wohl zur Hälfte aufzubringen sein, den Rest von 6 bis 8 Millionen deckt man durch ein Anlehen zu $3^{1}/_{2}$ %.

Wie bekannt, bestund hier vor 6 Jahren eine Centralbahngesellschaft, die zwei oder drei Jahre lang laborirte, ohne zum Ziel zu gelangen. . . . .

Ich kann Dir ferner melden, dass der ausgezeichnete Ingenieur Etzel, Oberbaurath in Stuttgart, Erbauer sämmtlicher württembergischer Eisenbahnen, die mündliche und schriftliche Erklärung mir gegeben hat, die Leitung unseres Baues übernehmen zu wollen. Das wäre ein grosser Gewinn gegenüber englischen oder französischen Ingenieurs.

Heute ist auch die Nachricht eingetroffen, dass man gestern in Bern hinsichtlich der badischen Bahn einig geworden sei. Peyer hofft, der Vertrag werde vom Nationalrath genehmigt werden. Dadurch bekäme unsere Sache einen gewaltigen Impuls.

Ueberlege die Sache! Bedenke die Wichtigkeit derselben für Basels Gegenwart und Zukunft."

. . . .

Folgendes Schreiben, welches Oberst Stehlin, damals im Ständerath, an seinen Bruder Stehlin-Dobler in Nieder-Schönthal richtete, nimmt ebenfalls auf diese Frage Bezug:

BERN, 28. Juli 1852.

„Ich glaube Dir bereits geschrieben zu haben, dass in Folge der Schlussnahmen über Eisenbahnen in der Schweiz, es nunmehr darauf ankömmt, wer schneller operirt. Wenn man daher in Basel einsieht, es liege im hohen Interesse eine

Bahnlinie in der Richtung des Gotthards zu erstellen, so sollten ungesäumt die Einleitungen zur Bildung einer Gesellschaft getroffen werden, die, sei es mit oder ohne directe Betheiligung der Regierung, eine Concession zur Centralbahn zu erhalten sucht. Die an dieser Richtung betheiligten Kantone, sowie überhaupt die westliche Schweiz, blicken nach Basel, und die östlichen Kantone, Zürich an der Spitze, beobachten jede Regung in der Basel-Olten-Frage mit gespannter Aufmerksamkeit.

Die St. Galler beabsichtigen sofort für ihre Rorschachlinie eine Concession zu erlangen und wie ich heute vernahm, womöglich noch in der heurigen Sitzungsperiode. Die Zürcher scheinen ihren Operationsplan festgestellt zu haben und nur den badischen Eisenbahnvertrag abzuwarten, um ebenfalls thätig aufzutreten; wie ich im Vertrauen vernommen habe, so will die Regierung eine Zürich-Frauenfelder und eine Baden-Waldshuter-Bahn directe mit einigen Millionen unterstützen, womit sie die erforderlichen Capitalien zu erhalten hofft, indem sie den fremden Capitalien den Vorrang im Zinsenbezug einräumt. — Die Genfer glauben sich schon in Verbindung mit den französischen und sardinischen Bahnen. Herr Fazy zweifelt am wenigsten daran. Die Neuenburger leben in der bestimmten Zuversicht, mit einer Salinsbahn in Verbindung zu kommen und haben ein Gesuch an die Regierung von Bern gerichtet, um im Jura weitere Terrainstudien zu machen. Weder Genf noch Neuenburg verhehlen, dass in ihren Bestrebungen eine Concurrenz gegen Basel liege. — Wenn auch alle diese Bestrebungen nicht so bald realisirt werden dürften, so zeigen sie doch, dass mit einem gewissen Ernste an der Anlage von Eisenbahnen gearbeitet wird, und hält man die bereits ertheilten Concessionen von 5 Kantonen damit zusammen, so ist wohl kein Zweifel, dass der Zeitpunkt gekommen ist, wo auch Basel nicht länger unthätig zuschauen darf, wenn es die Vortheile seiner Lage nicht gefährdet sehen will. Die Ansicht, es werden sich nicht so leicht fremde Capitalien finden, um die angeregten Bahnstrecken auszuführen, erscheint eine irrige, ist doch das Eisenbahngesetz ganz im Interesse der Speculation abgefasst und gerade von den oben berührten Kantonen auf's Beharrlichste vertheidigt worden.

Es scheint mir daher an der Zeit, dass auch Basel in seinem Interesse handle, welches ich in dem Zustandekommen solcher Linien erblicke, wie sie im Stephenson'schen Berichte empfohlen werden. — Allein Basel sollte auch ungesäumt handeln und wenn, wie ich vernehme, man bereits zur Einsicht gekommen ist, dass eine Basel-Luzernerlinie im hohen Interesse von Basel liege und davon offen sprechen darf, auch geneigte Ohren findet, so scheint es mir, dass es weniger mehr auf das Schicksal des badischen Vertrags ankömmt, in dessen Zustandekommen ich früher mehr nur ein Mittel erblickte um Basel zu weitern Schritten anzuregen; findet nun diese Anregung in Folge der Vorgänge in der Schweiz statt, so wäre es schädlicher Zeitverlurst, länger abzuwarten. Wie ich übrigens von Herrn Bischoff weiss, so hat Herr von Berckheim eine Ministerialermächtigung erhalten den nun einmal zu Ende redigirten Vertrag zu unterzeichnen, allein Herr Bischoff zweifelt selbst noch daran, bis und so lange die Signatur wirklich erfolgt ist.*) Die Zürcher scheinen bereits allerlei Ausstellungen an dem badischen Vertrage zu machen und würden nicht ungerne sehen wenn Baden mit Umgehung Basels nach Waldshut zu bauen veranlasst würde. Die hier befindlichen Repräsentanten von Solothurn, Aargau, Luzern, Basellland meinten, es möchte an der Zeit sein mit Baselstadt in Conferenz vorläufig weitere Schritte zu besprechen, und Aargau möchte keine Concession für eine Waldshuter-Bahn an Zürich ertheilen, wenn irgendwie Aussicht vorhanden sei, dass Basel sich an die Spitze der Oltener-Bahn stellen werde. —

In der heutigen Sitzung des Ständeraths gelang es mir, dem von Herrn Peyer im Nationalrathe vertheidigten Art. 12 des Gesetzes über Eisenbahnen ebenfalls den Sieg zu verschaffen und somit ist das Gesetz bereits in Kraft. —

Die Ueberzeugung steht fest bei mir, dass es sich jetzt um eine Zeitspeculation handelt, wenn Basel seine bisherigen Vortheile erhalten will; möchte es gelingen unsere Bürgerschaft zu überzeugen, dass auch in dieser Angelegenheit ein einiges und entschlossenes Handeln allein uns den Sieg verschaffen kann."

Endlich ein Brief von Rector Schmidlin.

Au bei Wädensweil, 23. Juli 1852.

Werther Freund!

„Vorgestern Abend erhielt ich Deinen Brief. Ich schrieb sogleich an Herrn G. meine Gedanken über die jetzigen Verhältnisse. Ich suchte ihm zu zeigen, dass die Verwirklichung der Zürich-Waldshuter-Linie näher stehe als je, dass die alte Concurrenz zwischen Zürich und Basel von Neuem entbrenne, dass darum jetzt Eisenbahnbestrebungen bei uns sehr populär seien, und dass gleichzeitig in verschiedenen Kreisen dafür Lust und Eifer erwache und dass endlich er der Mann sei, der die Leitung übernehmen könne und nach dem allgemeinen Wunsche auch übernehmen müsse.

Was die Verhältnisse im Allgemeinen betrifft, so hege ich für die nächste Zeit wenig Hoffnung. Wir stehen wieder auf demselben Punkte wie vor sechs Jahren. Der Gedanke an

---

*) Ist erfolgt.

eine Vereinigung der schweizerischen Kräfte, an ein gemeinschaftliches Handeln, an eine Mitwirkung oder Unterstützung von Seiten des Staats hat einen derben Schlag erlitten durch das Majoritätsgutachten, das eben Alles umfassen, Alles bestimmen und Alles sichern wollte, und das, wie man mir schrieb, nicht drei Anhänger con amore zählt.

Man hofft Alles vom Privatbau, und zwar verschiedene und selbst concurrirende Richtungen mit einander. Und man wird inne werden, dass eine Eisenbahn über die Kräfte eines Kantons hinausgeht, und dass ohne irgend welche Garantie der Verzinsung die Theilnahme fremder Capitalisten sehr gering sein wird, zumal wenn noch die Gefahr von Concurrenzlinien wie zwischen Basel-Olten-Zürich und Basel-Waldshut-Zürich entgegentritt.

Wenn ich wenig Hoffnung habe, so meine ich aber nicht, dass man unthätig bleiben müsse. Basel kann, und in Basel kannst Du manche Schwierigkeit besiegen.

Vor Allem scheint es mir nöthig, die Interessen des Westens auszumitteln und zu vereinigen. Basel-Stadt und Land, Solothurn, Luzern und selbst das eisenbahnfeindliche Bern, auch die französischen Kantone, können eine Waldshuter-Linie nicht gerne sehen.

Zähle mich immer zu den unwandelbaren und eifrigen Freunden der Oltenbahn."

. . . .

Ueber den weitern Verlauf giebt wieder ein Schreiben von Speiser an Stähelin-Brunner Auskunft:

4. August 1852.

. . . .

Wir haben endlich einen halben Schritt gethan oder vielmehr wir sind im Begriff ihn zu thun. Einige Mitglieder des alten Comité hätten gerne der Sache sich wieder bemächtigt und brüteten über allerhand Pläne; wenn sie nur das nöthige Selbstvertrauen in sich gefühlt und gewusst hätten, wie die Sache anpacken. So beschränkte sich alles auf einige Formschwierigkeiten rücksichtlich der alten Gesellschaft, die man erhob, und die glücklich umgangen oder eigentlich übersprungen worden sind und zwar mit ihrer eigenen Hülfe.

Morgen soll nun eine Versammlung hier auf der Lesegesellschaft stattfinden, zusammenberufen durch mich, „im Auftrag des Herrn Bürgermeisters Sarasin", welcher das Präsidium davon übernehmen wird. Eingeladen sind: die hier anwesenden Mitglieder des Comité der alten Gesellschaft, eine Anzahl anderer Personen von hier (Carl Sarasin, Rathsherr Christ, Rud. Paravicini, LaRoche-Stehelin, Richter-Linder, Bürgermeister Burckhardt u. s. w.) und endlich ab der Landschaft Präsident Meyer, Dr. Matt, Präsident Aenishänslin, Burckhardt-Gemuseus, welch' letztere alle zugesagt haben, überhaupt viel hitziger an der Sache treiben, als es hier geschieht. Sie sehen wohl ein, dass ihnen die Gefahr noch mehr droht als uns, da wir doch immer noch die ausländischen Bahnen haben, während Baselland ganz aus der Welt fällt.

Die morndrige Versammlung soll nur eine vorbereitende, eigentlich eine Demonstration sein.

Ueber die Stimmung auswärts hinsichtlich der Centralbahn und über das, was man von Basel erwartet, schreibe ich Dir nichts, Du wirst das Alles in Bern hören. Thatsache ist es, dass man ausserhalb eine grössere Meinung von uns hegt, als wir verdienen, und dass wir umgekehrt uns kleiner machen, als wir sind. Wenn Basel wollte, so könnte es in der Schweiz eine viel grössere Präponderanz ausüben.

Betreffs der hiesigen Stimmung nur so viel, dass sie ungemein sich gebessert hat und dass es nur einiger Anstrengung bedarf, um dieselbe auf einen recht tüchtigen Wärmegrad zu bringen. In allen Kreisen beschäftigt man sich lebhaft mit der Eisenbahnfrage; die gleichgültigsten Leute zeigen sogar einige Ungeduld, dass nichts geschehe und dass man von den Zürchern sich überholen lasse."

Ein zweites Schreiben von Schmidlin darf auch angeführt werden:

Au, den 5. August 1852.

Werther Freund!

„Dein Brief kam auf der Au an, als ich auf einem mehrtägigen Ausfluge begriffen war. Entschuldige damit das lange Stillschweigen.

Wenn nicht besondere Gründe Dich drängen, so wirst Du wohl eine Eisenbahnconferenz, auch im kleineren Kreise, nach der Ferienzeit verlegen. Selbst für eine blosse Demonstration darf der erste Schuss nicht versagen. Darum scheint es mir auch von nicht geringer Wichtigkeit, das Verhältniss mit der alten Centralbahngesellschaft nur auf dem Wege der freundlichen Verständigung zu ordnen; und wenn die Sache recht angegriffen wird, so sollte es nach meiner Heimkehr leicht sein, je nach Deinem Wunsche, die Erweiterung der alten Gesellschaft oder die Erwerbung ihrer Rechte zu bewirken.

Der Zweck ist einmal bestimmt vorgezeichnet. Es ist die Fortsetzung der deutschen und französischen Rheinbahn in das Innere der Schweiz nach West, Süd und Ost. Also die alte Centralbahn:

Basel-Olten- { Solothurn / Luzern / Aarau oder Baden,

und dieser Zweck liegt im Interesse von Basel-Stadt und Land, von Solothurn, Luzern, Aargau, auch von Bern und der französischen Schweiz und selbst von St. Gallen und der Ostschweiz, soweit es die Verbindung mit den französischen Seehäfen betrifft. Es ist der Gegensatz der Baden-Waldshuter-Bahn. Und dafür sollten nicht nur die nächsten Interessenten, sondern auch die öffentliche Meinung zu gewinnen sein.

Basel, Regierung und Privaten, müssen durch finanzielle Opfer zeigen, dass es mit der Verwirklichung Ernst gilt. Die Andern müssen mithelfen, und müssen von Anfang an einsehen und glauben, dass eine zweite und dritte Linie erst entsteht, wenn eine andere voran entstanden ist.

Herr G. hat mir geschrieben, ablehnend, aber nicht ohne Raum zu lassen für die Hoffnung, ihn später zu gewinnen. Für die einleitenden Conferenzen scheint mir Bürgermeister Sarasin sehr passend. Ueber andere persönliche und materielle Verhältnisse werde ich mich in der andern Woche mündlich mit Dir unterhalten können."

. . . .

Am 5. August fand sodann die Versammlung statt, und es berichtet darüber das „Intelligenzblatt" vom 6. August 1852 wie folgt:

„Der erste Schritt zur Centralbahn ist gethan. Gestern fand auf der Lesegesellschaft unter dem Vorsitz des Herrn Bürgermeisters Sarasin eine Versammlung behufs vorläufiger Besprechung hiesiger Eisenbahnangelegenheiten statt. Von 22 Eingeladenen haben sich 20 eingestellt, es waren die Herren Bürgermeister Sarasin und Burckhardt, Bankdirector Speiser, Oberst Vischer, Rathsherr Christ, C. Sarasin-Sauvain, Heussler-Iselin, W. Preiswerk-Bischoff, Richter-Linder, Oberstl. Paravicini, E. LaRoche, Ehinger-vonSpeyr, Passavant-Bachofen, Jean Riggenbach, Burckhardt-Gemuseus, Imhof-Falkner; die Landschaft war vertreten durch die Herren Stehlin aus dem Schönthal, Präsident Meyer, Dr. Matt und Alioth-Falkner.

Es wurde beschlossen zu erklären, dass der Zeitpunkt gekommen sei, wo ohne Gefährdung der wichtigsten öconomischen Interessen der nordwestlichen und Central-Schweiz die Erbauung von Eisenbahnen nicht mehr länger aufgeschoben werden dürfe; ferners auf den 26. August eine grössere Versammlung zu veranstalten, zu der auch Angehörige der an der Basel-Oltener Linie und deren Verlängerung zunächst betheiligten Kantone einzuladen seien, die dann die weiteren Verfügungen im Sinne der obigen Erklärung zu berathen und zu beschliessen habe; endlich einen provisorischen Ausschuss zu wählen, der auch sofort bestellt wurde in den Herren Bürgermeister Sarasin, Präsident Meyer, Goppelsröder-von Speyr, Sulger-Stähelin (letztere beiden waren Mitglieder des früheren Comités der Centralbahn) und Bankdirector Speiser.

So ist denn die Sache eingeleitet, sie ist — wir wissen es alle — in guten Händen und hoffen wollen wir, dass keine langen Jahre dazwischen liegen, bis wir den lustigen Pfiff der Locomotive auch südwärts hören, wie er bereits nord- und westwärts herübergellt."

Speiser schreibt an Stähelin-Brunner über die Sitzung:

9. August 1852.

... „Seitdem hat, wie Du vernommen haben wirst, die Versammlung vom 5. d. stattgefunden.

Dieser Schritt hat hier und ausserhalb eine gute Wirkung gehabt: ausserhalb ist dadurch das sehr gesunkene Zutrauen in die Eisenbahnabsichten Basels wieder gehoben worden und hier hat die öffentliche Meinung einen Haltpunkt gewonnen. Der stattgefundene Umschwung der Geister zu Gunsten der Eisenbahn ist hier sehr bedeutend, so dass diejenigen ihr Erstaunen ausdrückten, welche nach einigen Wochen Abwesenheit wieder zurückgekehrt sind. Wenn wir das Eisen schmieden, dieweil es warm ist, so können wir auf eine bedeutende Unterstützung von Seiten des Publikums, sowie von Seiten des Grossen Rathes zählen.

Ich besorge zwar nicht, dass dieses Eisen erkalten könne; die Eisenbahnfrage ist für Basel eine von den Fragen, welche von Tag zu Tag an Bedeutung wachsen müssen. In anderer Hinsicht war aber ein rasches Vorgehen sehr wünschenswerth, nämlich in Hinsicht auf den Geldmarkt, dessen gegenwärtige so günstige Conjuncturen wir benützen sollten, bevor diese sich ändern, was bei den bedenklichen Nachrichten über die Erndte möglich sein könnte, und auch bevor Concurrenten (Zürich und St. Gallen) in Verfassung sich befinden auch aufzutreten. Welches Opfer wir auch bringen mögen, es wird nie so gross sein, als der Unterschied zwischen günstigen und ungünstigen Bedingungen für die Placierung unserer Actien."

. . . .

Der Eindruck, den dieser erste Schritt bei Freunden und Gegnern der baslerischen Eisenbahnbestrebungen machte, war ein intensiver.

Achilles Bischoff, Vertreter Basels im Nationalrath, hatte schon am 3. August von Bern aus an Speiser Folgendes geschrieben:

.... „Also auf der von Ihnen mit so viel Thätigkeit und Beharrlichkeit betretenen Bahn fortgefahren, und ohne zu „blaguiren" das Ziel angestrebt, welches uns nicht entgehen kann, nämlich eine vernünftige Organisation und Direction des Eisenbahnbetriebs für die ganze Schweiz."

.... „Lassen Sie die Versammlung morgen stattfinden; ich möchte noch weiter gehen und Sie ersuchen, im Laufe dieser Woche in der „Basler Zeitung" einen ganz kleinen Artikel erscheinen zu lassen, worin deutlich gesagt wird, dass wir von Basel aus den Hauenstein übersteigen wollen, und keineswegs wie es uns von unsern lieben Miteidgenossen angedichtet wird, die Eisenbahn innert die Mauern der Stadt Basel bannen wollen, sondern dass wir in Basel unsere Zeit begreifen, und namentlich im Interesse der ganzen Schweiz dahin wirken wollen, dass nicht nur einzelne Landestheile unseres Vaterlandes in Verbindung mit dem Auslande zum Schaden von $7/8$ seiner übrigen Bewohner gesetzt werden sollen. Herr T. ist gar sehr der Meinung, dass ein solcher, kurz aber kräftig und bescheiden gehaltener Artikel auch die gutgesinnten Zweifler von der Ausführung einer Hauensteinbahn beruhigen und wohlthätig auf sie einwirken werde" ....

Nun meldete er unterm 8. August von Bern aus:

„Ich bin im Besitz Ihrer Zuschriften vom 5. und 7. dies und verdanke Ihnen bestens die mir mit beiden gemachten Mittheilungen. Am gleichen Morgen gab ich von ersterem Kenntniss an die Bundesräthe Munzinger, Frey, Furrer und Ochsenbein, welch' letzterer die grösste Freude darüber bezeugte, weil es ihm am unerwartetsten war; unsere Landsleute Gutzwiller, Mesmer, ferner die Herren ..... und ich weiss nicht wie viel andere mehr, drückten mir ihre grösste Zufriedenheit aus, den folgenden Tag liess ich das Intelligenzblatt vom Donnerstag und Freitag bei den Gutgesinnten circuliren, nebst der „Basler Zeitung". Am gleichen Tage hatte ich auch Gelegenheit unsern Hrn. Rathsherr Heusler-Thurneysen zu sehen, welchem ich das Vorgefallene mittheilte und gleichzeitig von ihm vernahm, dass sowohl er als sein College Hr. Iselin-LaRoche alle Bereitwilligkeit an Tag legen würden, um die Angelegenheit zu unterstützen. Ohne Ihren, mir mit Ihrem gestrigen mitgetheilten Operationsplan zu kennen, war ich so frei auf meine Faust hin Hrn. Rathsherr Heusler zu bemerken, dass ich unter Bereitwilligkeit die Mitbetheiligung der Regierung verstehe und zwar in dem Sinne, dass neben der Privatzeichnnung die Regierung wenigstens für eine Million Franken Actien unterzeichnen und auf die Verzinsung derselben verzichten werde, so lange die andern Actionäre nicht wenigstens 3 % Dividende erhalten hätten. Zu meiner grössten Verwunderung machte er keine grossen Schwierigkeiten, im Gegentheil fand er es ganz natürlich, so dass ich die besten Hoffnungen zum Gelingen habe, wenn das Finanzcollegium seine sonst stereotypen Bedenken für diesmal, ich will nicht sagen über Bord wirft, allein nicht damit ins Feld rückt.

Die Genfer und Waadtländer scheinen ebenfalls an der Olten-Linie eine Freude zu haben, obgleich ihre Aufmerksamkeit, namentlich diejenige der erstern durch die Hoffnung auf Bahnen, welche sie mit Paris, Lyon und Turin in Verbindung bringen sollen, absorbirt wird.

. . . .

Die Ueberzeugung steht bei mir jetzt schon fest, dass alle West- und Centralkantone uns entgegenkommen werden, sobald sie die moralische Gewissheit erlangen, dass wir über oder durch den Hauenstein hinwegkommen."

. . . .

Die auf den 26. August einberufene grössere Versammlung fand statt. Das „Intelligenzblatt" vom 27. gl. Mts. enthält darüber folgenden Bericht:

Die Eisenbahnconferenz,

deren Programm wir in unserm Blatt mitgetheilt haben, hat heute am 26. Nachmittags 3 Uhr im obern Saale des Casino stattgehabt. Anwesend waren an 200 Personen, von denen circa 80 den Kantonen Baselland, Aargau, Solothurn und Luzern angehörten. Herr Bürgermeister Sarasin eröffnete als Präsident des provisorischen Ausschusses die Versammlung mit einer kurzen Anrede, in der er die Tagesordnung festsetzte, welche genehmigt wurde. Sie lautete wie folgt: Vortrag des Herrn Dr. W. Schmidlin; Behandlung des Programmes, Wahl des Präsidenten und des provisorischen Verwaltungsrathes.

Herr Dr. Schmidlin trat hierauf in einem fast anderthalbstündigen Vortrag näher in die Details der zu erbauenden Centralbahn ein, deren Wesen nicht allein in der Erstellung der Bahnstrecke Basel-Olten bestehe, sondern namentlich auch in ihrer Verlängerung west-, ost- und südwärts. Sein Vortrag, klar und überzeugend, wie immer, berührte sowohl die technischen als finanziellen Verhältnisse, die Schwierigkeiten des Baues, den zu hoffenden Gewinn, sowie die Nothwendigkeit des Ganzen.

Es wurde hierauf zur Behandlung des Programmes übergegangen. Zeit und Raum gestatten uns nicht, in die Details näher einzutreten; wir erlauben uns daher nur im Allgemeinen den Gang der Discussion zu skizziren, indem wir unsere Leser auf das mitgetheilte Programm verweisen. Herr Liechtenhan-

Hagenbach bezeichnet dasselbe als zu weit gehend, er fände besser, wenn sich dasselbe etwas einschränke, als bereits Bahnstrecken zu bestimmen, deren Bau vielleicht später unmöglich wäre. Ihm entgegneten die HH. J. R. Steiger von Luzern, Ammann Bünzli von Solothurn, Rathsherr Stumm und Bürgermeister Sarasin von hier, Präsident Trog aufs kräftigste, dass das Programm zwar keine bindende Kraft habe, dass aber hier das Ganze ins Auge gefasst werden müsse, soll überhaupt von dem Baue und der Ausführung die Rede sein. Namentlich Herr Präsident Trog sprach mit hinreissender Wärme für die Idee einer Centralbahn, wie sie vorliegt; seine Rede wurde mit Begeisterung applaudirt. Es wurde hierauf in artikelweise Berathung eingetreten und mit einer an Einstimmigkeit grenzenden Mehrheit das Programm mit einer unbedeutenden Abänderung angenommen.

Zum Präsidenten des Verwaltungsrathes wurde dann Herr Rathsherr Geigy mit 70 von 100 Stimmen gewählt. Die lange ermüdende Discussion bei drückender Hitze hatte den Saal etwas geleert. Als Mitglieder des provisorischen Verwaltungsrathes wurden gewählt: die HH. Nationalrath Ach. Bischoff, Präsident Meyer von Baselland, Bankdirector Speiser, Präsident Trog von Solothurn, Stadtrath Sulger von hier, Stehlin-Dobler von Baselland, Carl Feer-Herzog von Aarau, Oberst Siegfried von Zofingen, J. R. Steiger von Luzern, Goppelsröder-vonSpeyr von hier, Marcuard de Cotterd von Bern."

Die Beschlüsse lauteten:

Die Versammlung, indem sie erklärt,

dass sie es im hohen Interesse der Kantone Basel-Stadt und Land, Aargau, Luzern, Solothurn und Bern als nothwendig erachte, eine von der Stadt Basel ausgehende Eisenbahnverbindung durch den Hauenstein und über Olten, ostwärts bis Baden zum Anschluss an die schweiz. Nordbahn, südwärts bis Luzern, westwärts bis Solothurn und Bern, zwischen den besagten Kantonen herzustellen;
dass sie ferner den Augenblick als gekommen erachte, wo nicht länger gesäumt werden dürfe, dieses Werk mit allen zu Gebot stehenden Mitteln zur Hand zu nehmen;
anknüpfend an die frühern Bestrebungen der bisher in Basel bestandenen Gründungsgesellschaft für die schweiz. Centralbahn;

beschliesst wie folgt:

1. Die gegenwärtige Versammlung constituirt sich als eine neue Gründungsgesellschaft für das Unternehmen der

„schweiz. Centralbahn, zur Erreichung des im Eingang ausgesprochenen Zwecks.
2. Es ist ein provisorischer Verwaltungsrath zu wählen, von einem Präsidenten und vorerst eilf Mitgliedern, mit dem Auftrag an diesen Verwaltungsrath, im Allgemeinen alle Massregeln vorzukehren zur Bildung einer Actiengesellschaft für die Verwirklichung des mehrgedachten Unternehmens.
3. Dieser provisorische Verwaltungsrath soll namentlich bevollmächtigt sein, bei den betreffenden Bundes- und Kantonalbehörden die erforderlichen Concessionen mit möglichster Beförderung nachzusuchen, die Grundbedingungen aufzustellen, zu denen Actiensubscriptionen aufzunehmen sind, daraufhin Actiensubscriptionen zu sammeln und die künftigen Gesellschaftsstatuten vorzubereiten.
4. Der provisorische Verwaltungsrath wird sich zweckdienlich organisiren und soll befugt sein einem engeren Comité aus seiner Mitte von seinen Vollmachten den angemessen scheinenden Theil zu übertragen.

Sobald der provisorische Verwaltungsrath es für passend erachten wird, soll er seine Mitgliederzahl, von sich aus und durch das absolute Mehr, auf mindestens neunzehn und höchstens fünfundzwanzig, den Präsidenten inbegriffen, erhöhen.
5. Der provisorische Verwaltungsrath soll noch im Besondern bevollmächtigt sein, die fernerhin für Vorarbeiten nothwendig erachteten Summen unter den dermaligen oder neu herzutretenden Mitgliedern der Gesellschaft, auf dem Wege freiwilliger Unterzeichnung, zu erheben.

Die in Folge dieser Unterzeichnungen geleisteten Vorschüsse sollen, wenn das Unternehmen zu Stande kömmt, als Abschlag auf künftigen Actieneinzahlungen anzurechnen sein, hingegen können sie nicht mehr zurückgefordert werden, wenn die Gründung des Unternehmens fehlschlüge.
6. Endlich ist der provisorische Verwaltungsrath beauftragt, mit der Eingangs erwähnten frühern Centralbahngesellschaft ein Abkommen zu treffen, für die Uebernahme von Seiten der zu gründenden Actiengesellschaft der durch die Erstere erworbenen und aus ihren Mitteln bestrittenen Pläne und Vorarbeiten.

Dem provisorischen Verwaltungsrath lag nun ob, die Angelegenheit nach allen Richtungen zu prüfen und das Nöthige für ihre Verwirklichung anzustreben, insbesondere die Concessionen zu erlangen, die technische Untersuchung zu veranlassen und die Unterhandlungen für die Geldbeschaffung einzuleiten.

Was zunächst die technische Untersuchung betrifft, so wurde dieselbe in die bewährten Hände des Oberbauraths Carl von Etzel von Stuttgart gelegt, mit welchem, wie bereits bemerkt, schon im Sommer Unterhandlungen waren angeknüpft worden.

Etzel traf am 4. September in Basel ein. Er gieng von hier nach Bern und hielt sich dort bis zum 14. September auf, um das auf der technischen Abtheilung des Postdepartements gesammelte Material zu studiren. Von Bern reiste er nach Solothurn und über Zofingen und Willisau nach Luzern, um sodann Zürich zu besuchen und über Lenzburg und Aarau nach Basel zurückzukehren. Er traf am 22. September wieder in Basel ein.

Ende September schon legte Etzel seinen Bericht dem provisorischen Verwaltungsrathe vor und befürwortete folgendes Netz:

Basel-Olten {
  Olten-Baden
  " -Luzern
  " -Bern
  " -Solothurn-Biel.
}
{ via Sursee
  via Wohlhausen }

Die Gesammtlänge betrug 234 Kilometer, die Kosten stellten sich auf 45½ Millionen ohne und 50 Millionen Franken mit Verzinsung während der Bauzeit. Bezüglich der Rendite gelangte Etzel, nach sorgfältiger Schätzung der Einnahmen (durchschnittlich Fr. 21,600 Brutto per Kilometer*) und unter Abrechnung von 40% für die Betriebskosten, auf einen Reinertrag von 6%.

Obwohl der ursprüngliche von der Versammlung vom 26. August genehmigte Plan die Centralbahn nur bis Solothurn führen wollte, befürwortete Etzel, die Wichtigkeit des Punktes Biel wohl erkennend, die Verlängerung bis dorthin.

Für den Hauenstein empfahl Etzel entgegen dem Vorschlage Stephenson's (pag. 3) selbstverständlich den Normalbetrieb, denn man hatte in den Jahren 1850—1852 mit Lokomotiven System Engerth am Semmering bezüglich der Befahrung

---

*) Schon im Jahr 1859 war diese Ziffer überschritten, obwohl die ertragsreiche Strecke Aarau-Baden nicht im Centralbahnnetz inbegriffen war; im Jahr 1871 betrugen die Brutto-Einnahmen das doppelte und im Jahr 1874 das 2½fache.

von Bergstrecken mit starker Steigung sehr befriedigende Erfahrungen gemacht.

Die Privatmittheilungen von Etzel enthalten viel Interessantes und man ist überrascht zu sehen, mit welch' richtigem Blick dieser geniale Mann die Verhältnisse beurtheilt und in die Zukunft gesehen hat.

Zu den Concessionsbewerbungen übergehend, bemerke ich, dass Concessionen zu erlangen waren bei den Kantonen Basel-Stadt, Basel-Land, Solothurn, Aargau, Luzern und Bern.

Die Wegleitung für die Unterhandlungen war der mit denselben betrauten Personen durch folgendes von Bankdirector Speiser verfasstes und vom provisorischen Verwaltungsrath gutgeheissenes Memorial, d. d. 4. September 1852 gegeben:

Tit.

Mit Bezug auf mein Memorial vom 31. des verflossenen Monats, beehre ich mich, Ihnen beifolgend ein Concessions- und Pflichtenheftproject vorzulegen, bestimmt um als Grundlage zu den Unterhandlungen zu dienen, hinsichtlich des demnächst bei der Regierung von Baselstadt einzugebenden Concessionsgesuches. Es würde dasselbe nachher nur einiger Modificationen bedürfen, zur gleichzeitigen Erfüllung des nämlichen Zwecks bei dem Concessionsgesuch an die Regierung von Baselland.

Der erste Concessionsakt, welcher der Centralbahn-Gesellschaft ertheilt werden wird, muss wohl zum Voraus als die Norm für die zukünftigen betrachtet und auch angenommen werden. Demnach brauche ich nicht auf die Wichtigkeit aufmerksam zu machen, das Project dazu allseitig und reiflich zu erwägen, bevor solches von unserer Seite als Grundlage zu Unterhandlungen dargeboten wird. Mein bezüglicher Vorschlag geht auch dahin, dass, nachdem die einzelnen Mitglieder diese Prüfung für sich werden vorgenommen haben, der prov. Verwaltungsrath in nächster Zeit versammelt werden möge, um in einlässlicher Discussion das Project definitiv festzustellen.

Inzwischen kann ich nicht umhin, den Entwurf mit einigen Bemerkungen zu begleiten, deren Absicht ist, nicht sowohl die einzelnen Artikel desselben zu beleuchten, was der mündlichen Verhandlung vorbehalten bleiben mag, sondern die allgemeinen Grundsätze in Kürze zu entwickeln, welche bei dessen Ausarbeitung leitend gewesen sind.

Der Staatsbau der Eisenbahnen ist von der Bundesversammlung mit ansehnlicher Mehrheit verworfen worden. Meiner persönlichen Ansicht nach war dieser Beschluss ein Fehler: allein die Lage muss nun angenommen werden, wie sie gegeben ist, und nichts wäre verderblicher als Missverständnisse hierüber. Wir stehen nun auf dem Boden des Privatbaues und um mit Erfolg auf demselben vorwärts zu schreiten und Tüchtiges zu gründen, muss allen seinen Eigenthümlichkeiten, vortheilhaften sowie nachtheiligen, Rechnung getragen werden. Die Natur gegebener Verhältnisse lässt sich nicht ändern, alle Versuche nach einer solchen Richtung würden vergebens sein.

Der Privatbau wird unternommen mittelst Capitalien, die dem Unternehmen sich zuwenden, in der Absicht eines Nutzens und dieser Absicht zu lieb auch den gegentheiligen Gefahren sich aussetzen. Der in Aussicht stehende Nutzen muss um so grösser sein, je mehr Gefahren mit dem Unternehmen verbunden sein können, je mehr auch ähnliche Unternehmungen um die Betheiligung der auf den Geldplätzen disponibeln Capitalien sich bewerben. Es wirken hier nur Factoren der positivsten Natur; mit Philanthropie oder Patriotismus gründet man Spitäler und Museen, man baut aber keine Eisenbahnen.

Es ist klar, dass bei einem Unternehmen, auf welchem die unläugbare Gefahr von Verlusten gelaufen wird, man einen grössern Gewinn beansprucht, sowie zu beanspruchen berechtigt ist, als bei einer Anlage, wo für Capital und Zins Garantien und Sicherheiten dargeboten werden. Ebenso ist es klar, dass wenn wir unserm Unternehmen Capitalien zuziehen wollen, wir denselben mindestens dieselben Aussichten auf Vortheile eröffnen müssen, welche andere Unternehmungen der Art darbieten und gewähren. Es wäre ein bedenklicher Irrthum zu glauben, dass es in unserer Macht liege, Bedingungen nach Gutdünken aufzustellen, sondern es regieren hier die allgemeinen öconomischen Gesetze von Begehr und Angebot.

Von dieser Anschauungsweise scheint die St. Gallische Regierung ausgegangen zu sein, bei der Gewährung der Concession an die dort sich gebildete Eisenbahngesellschaft. In demselben Sinne sind auch die Concessionsbedingungen aufgestellt, welche die Bundesversammlung durch ihre Beschlüsse vom 17. August 1852 angenommen hat. Es darf sich aber nunmehr nicht darum handeln, dass diese Basis verrückt und durch Erschwerungen von Seite der Kantone, die Absichten des Bundes vereitelt und illusorisch gemacht werden. Versuche dieser Art wären um so unberechtigter, als die Gesellschaft ihrerseits keinerlei Staatsunterstützung beansprucht.

Auf das Unbedingteste wird auch die Gesellschaft sich verwahren müssen, gegen alle Zumuthungen directer Einmischung des Staates in die Eisenbahnadministration. Abgesehen von den unverkennbaren Uebelständen, die aus einer

Doppelherrschaft entstehen würden, in einem Organismus, der mehr als jeder andere der straffsten Centralisation benöthigt ist, so darf versichert werden, dass durch Bedingungen jener Art zum Voraus alle Betheiligung auswärtiger Capitalisten abgeschnitten wäre. Die Privatindustrie ist im Allgemeinen und aus Instinkt jeder Staatsbevormundung abhold, aber man soll sich überdies nicht verhehlen, dass die geldbesitzenden Classen des Auslands meistentheils übel unterrichtet sind von den schweizerischen politischen Zuständen, und daher in einer Theilnahme der Kantonsregierungen an der Administration die grössten Gefahren erblicken würden.

Es ist unstreitig, dass neben grossen Vorzügen die Privatindustrie, wo ihr die Leitung von Unternehmungen öffentlichen Nutzens überlassen wird, fast ebensogrosse Gefahren mit sich führt. Das Privatinteresse, mit seiner gewaltigen Thätigkeit und Energie, steht seiner Natur nach in einem gewissen Antagonismus gegenüber dem öffentlichen Interesse. Gleichwie die Locomotive, wirkt es zerstörend, wo es nicht gelingt in gesetz- und regelmässiger Bahn und Richtung dasselbe zu erhalten. Desshalb ist auch der Unterzeichnete weit davon, der Eisenbahngesellschaft eine unbeschränkte Autonomie, die Stellung eines Staates im Staate, vindiciren zu wollen. Ein solches Verhältniss wäre übrigens auch ein unmögliches, ein undenkbares im staatlichen und socialen Organismus der Schweiz.

Mit den Erfahrungen, die man jetzt besitzt, scheint es aber keineswegs unmöglich, einer Gesellschaft diejenige Stellung und diejenigen Schranken anzuweisen, innerhalb welchen sie, ohne Gefährdung der allgemeinen Interessen, den billigen Spielraum für die Befriedigung ihres Privatinteresses finden kann. Vermittelst wohlerwogener und streng gehandhabter Pflichtenhefte vermag man den Missbräuchen vorzubeugen, über welche anderwärts geklagt wird, und neben den gesetzlichen Bestimmungen, wenn diese nicht hinreichend wären, steht die Controlle der öffentlichen Meinung, über die eine einheimische Gesellschaft niemals sich wird hinwegsetzen können. Der Unterzeichnete glaubt, dass es möglich ist, alle Nachtheile des Privatunternehmens der Eisenbahnen auf den einzigen zurückzuführen: dass die Privatbahnen etwas kostspieliger beim Gebrauch für das Publikum und etwas theurer für den Staat beim Rückkauf sein werden, als wenn ein Staatsunternehmen daraus gemacht worden wäre. Hierin liegt aber keinerlei Unbilligkeit: wenn der Staat den Wechselfällen des Unternehmens sich auszusetzen nicht den Muth hatte, so muss er die Vortheile desselben auch denjenigen überlassen, welche die damit verknüpften Gefahren auf sich nehmen sollen.

Immerhin ist zu bemerken, dass die öconomischen Vortheile für das Publikum jedenfalls gross sein werden. Nach dem Tarif, der im beiliegenden Project vorgeschlagen ist, sollen die Transporttaxen für Reisende I. Classe nur noch 55 %, für solche III. Classe nur 37 % der gegenwärtigen betragen. Mit der vorgeschlagenen Herabsetzung für die Billets für Hin- und Rückfahrt, welche einzig dem Localverkehr zu gut kommen wird, fällt das obige Verhältniss sogar auf 44 %, resp. 30 %. Für den Waarentransport enthält der gedachte Tarif Taxen, die nur $1/3$ des gegenwärtigen Frachtpreises auf den Landstrassen erreichen. Die nicht minder grossen Vortheile der Schnelligkeit des Transportes, namentlich für Reisende, sind ein Extragewinn.

In formeller Beziehung hat der Unterzeichnete zu bemerken, dass in dem vorliegenden Entwurf alle bezüglichen Bestimmungen des Bundesgesetzes vom 28. Juli, sowie der Bundes-Concessions-Beschlüsse vom 17. August 1852 aufgenommen sind. Es geschah dies erstens in der Absicht alle Theile der beschlagenden Gesetzgebung in diesem Akt zu vereinigen, sodann aber auch, weil das erwähnte Gesetz vom 28. Juli die Vorschrift enthält, dass der Bund bei den Kantonal-Concessions-Verhandlungen vertreten sein müsste. Diese Vorschrift hätte aber keinen Zweck, wenn dabei die Concessions-Bedingungen des Bundes nicht ebenfalls zur Sprache kämen.

Genehmigen Sie, u. s. w.

Die ersten Unterhandlungen fanden mit Luzern statt.

Es galt zwei Projecten zuvorzukommen; dem ersten, Luzern-Reiden, welchem Luzern eine Concession schon ertheilt hatte, (die aber Mangels rechtzeitiger Cautionsleistung zu erlöschen drohte) und dem zweiten, welches die Erstellung einer Linie durch das Seethal nach Brugg mit Weiterführung nach Waldshut eventuell Bötzberg in Aussicht nahm, für die Centralbahn also noch viel bedenklicher als das erstgenannte war.

Dem Abgeordneten der Centralbahn, Achilles Bischoff, gelang es, nachdem die Concession Luzern-Reiden hinfällig geworden, am 25. September mit den Delegirten der Regierung einen Vertrag abzuschliessen.

Derselbe wurde am 29. September von der Regierung, dagegen erst am 19. November nach verschiedenen Zwischenfällen von dem grossen Rathe genehmigt.

Im Concessionsentwurf war die Frage, ob das Tracé über Wohlhausen (Mentzberger Linie) oder über Sursee führen solle, offen gelassen worden. Der grosse Rath entschied für Ersteres.

Die Unterhandlungen mit Bern, welche Anfangs October

eingeleitet wurden, nahmen einen günstigen Verlauf, trotzdem gleichzeitig mit der Centralbahn eine englische Unternehmergruppe, die nichts geringeres beabsichtigte als das Stephenson'sche Programm „Genf-Bodensee" auszuführen, sich auch um die Concession bewarb.

Blösch war damals an der Spitze der Regierung. Ob dem persönlichen Einflusse der Unterhändler oder aber der Erwägung, dass die Centralbahn Bern an die Hauptlinie bringen werde, die rasche Förderung der Verhandlungen zu verdanken war, mag unentschieden bleiben; es dürften wohl beide Momente zu der günstigen Lösung mitgewirkt haben.

Der Grosse Rath des Kantons Bern ertheilte die Concession am 25. November und zwar sprachen sich 146 Stimmen für, 25 gegen Eintreten und 125 Stimmen für, 21 gegen die unveränderte Annahme der regierungsräthlichen Vorlage aus.

Die Unterhandlungen mit Solothurn waren weniger leicht.

„Die Solothurner," so lautet ein Brief vom 7. September, „wollen, dass die Bahn in Solothurn ende und die Aare schiffbar gemacht werde, damit sie zum Umladeplatz werden, verwahren sich aber zugleich gegen eine Zweigbahn!! Wenn sie nur am Namen hangen, so sollen sie die Hauptbahn bekommen und die in Herzogenbuchsee sich abzweigende Linie über Burgdorf nach Bern soll dann Zweigbahn heissen."

Man hatte dort an den durch das Stephenson'sche Project geweckten Hoffnungen festgehalten, und suchte aus der geographischen Lage des Kantons den grössten Nutzen zu ziehen.

Hauptsächlich lag den Solothurnern die directe linksufrige Aarelinie von Olten nach Solothurn am Herzen, gegenüber der indirecten über Herzogenbuchsee.

Die Verhandlungen zwischen den Delegirten der Regierung und der Centralbahn hatten zwar am 19. October 1852 zum Abschluss eines Vertrags geführt; nun stellte aber eine englische Gesellschaft (Fox Henderson) das Begehren um eine Concession für die auf solothurnischem Gebiet liegende Strecke einer Linie Genf-Lausanne-Payerne-Murten-Solothurn mit Fortsetzung nach Olten auf dem linken Aareufer und von dort nach Aarau, um einer von Zürich unterstützten Linie, Baden-Aarau, die Hand zu reichen; durch diese Linie wären Solothurns Wünsche zu Ungunsten von Bern erfüllt worden, und es beantragte die Regierung beim Grossen Rath:

Solothurn-Olten-Aarau der englischen Gesellschaft und nur Olten-Hauenstein der Centralbahn zu concediren.

Dieser Antrag wurde Ende November vom Grossen Rath angenommen.

Triumphirend schrieb die „N. Z. Z." vom 2. Dezember 1852:

„Das Resultat des Solothurner Beschlusses ist nun folgendes:

1) Die Zürcher Nordbahn kann bis Aarau bauen, indem eine Bestreitung ihrer concedirten Rechte von aargauischer Seite keinen materiellen Grund mehr hat und daher von selbst dahin fällt;

2) die gerade Linie vom Westen nach dem Osten der Schweiz ist gesichert und eine allfällig entstehende Berner Linie wird, was sie der Lage und den Eigenthümlichkeiten des Landes nach sein muss, eine Zweigbahn werden;

3) Basel wird um so dringender auf eine Ausbeutung der Gotthardlinie angewiesen, wenn es überhaupt den Hauensteintunnel durchzuführen gedenkt."

Die Centralbahn liess sich nicht entmuthigen. Ueber die im Schoosse der Verwaltung vorherrschende Stimmung enthält nachfolgender Brief Mittheilungen.

Speiser schrieb seinem Freunde:

BASEL, den 2./3. December 1852.

. . . .
Den Beschluss von Solothurn kennen Sie. Er scheint uns ungünstig. Allein er hat mich viel mehr gefreut, als wenn Solothurn die unüberlegten Anerbieten angenommen hätte, zu denen wir uns im Anfang hätten bewegen oder — besser gesagt — terrorisiren lassen.

Nach menschlichem Urtheil muss Solothurn zwischen zwei Stühle zu sitzen kommen. Uns hat es der Pflicht ihm eine Linie zu bauen entbunden und die Westbahn wird ihm eine Linie nicht bauen können und nicht bauen wollen. Oder wenn etwa die Genfer im Bund mit Solothurn glauben, sie werden den Kanton Bern bezwingen, den einigen Kanton Bern, wo Blösch mit Stämpfli Hand in Hand geht, so meine ich wenigstens, sie irren sich. Was halten Sie davon? Ich glaube, dass selbst die Bundesversammlung es nie wagen wird, Bern solche

Zumuthungen zu machen. Das hiesse mit der Sicherheit der neuen Bundeseinrichtungen ein gefährliches Spiel treiben."

. . . .

Die Schwierigkeiten mit Solothurn konnten am leichtesten durch eine Verständigung mit der englischen Gesellschaft gehoben werden. In der That gelang es der Centralbahn, diese zum Verzicht auf die Concession Solothurn-Olten zu ihren Gunsten zu bestimmen, in der Meinung, dass die Centralbahn Herzogenbuchsee-Solothurn-Biel ausführe.

Diese Abmachung zwang Solothurn zum Nachgeben, und so ertheilte dann der Grosse Rath am 17. Dezember 1852 der Centralbahn die verlangten Concessionen für Hauenstein-Aarburg, Olten-Wöschnau, Herzogenbuchsee-Solothurn-Biel.

Baselland genehmigte die Concessionsacte am 6. Dezember 1852 und verpflichtete sich im Weitern zur Uebernahme von 2000 Actien von Fr. 500 al pari.

Baselstadt hatte schon am 8. November 1852 den Kleinen Rath zur Ertheilung der Concession und zur Uebernahme von Actien bis zu einem Betrage von 2 Millionen Fr. ermächtigt.

Ueber die bezüglichen Berathungen berichtet das „Intelligenz-Blatt" vom 9. November 1852 wie folgt:

Der Präsident schlägt vor zuerst die Concessionsertheilung an die Gesellschaft der Centralbahn und dann die Betheiligung des Staates an dem Bau zu berathen, was beliebte.

Der Hr. Referent, Rathsherr A. Stähelin, geht zuerst auf das Geschichtliche der Eisenbahnfrage ein, erläutert hierauf näher das Wesen der vorliegenden Concession, deren Annahme er in einem weitsichtigen Votum empfiehlt und zeigt zugleich an, dass das Haus Fox Henderson & Cie. ebenfalls um eine Concession eingekommen sei; der Kl. Rath habe sich jedoch nicht veranlasst gesehen, an dem vorliegenden Rathschlag etwas zu ändern, sondern überlasse die Entscheidung dem Grossen Rathe; die Linie des englischen Hauses sei so ziemlich die gleiche, wie die der Centralbahn; auch deren Concessionsverlangen gehe mit der Centralbahn ziemlich einig; nur wolle das Haus eine Zinsgarantie von $4^1/_2$ % für etwaige Zweigbahnen, die es sich dagegen zu bauen verpflichte.

An der sich erhebenden Discussion betheiligen sich die HH. Deputat LaRoche, Präsident Bischoff, Hoffmann-Preiswerk,

Rathsherr Oswald, W. Burckhardt-Forkart, Statthalter Merian, Oberst Stehlin, Sarasin-Sauvain, W. Schmidlin; namentlich von Seiten der zwei erstgenannten Mitglieder werden einzelne Bedenklichkeiten hervorgehoben, so von Hrn. LaRoche der Taxen wegen, von Präsident Bischoff wegen dem Rückkauf, dem Beginn des Baues, der Lage des Bahnhofs — Bedenklichkeiten, die jedoch von den andern Rednern kräftig bekämpft wurden; einstimmig sprach sich aber der Gedanke aus, keine Concession einer ausländischen Gesellschaft zu geben, selbst wenn dieselbe wirklich günstigere Bedingungen stellte und so ermächtigte der Grosse Rath nach 12 Uhr den Kleinen Rath, auf Grundlage des vorliegenden Entwurfs einer Concessionsurkunde dem provisorischen Verwaltungsrath der Schweizerischen Centralbahn die Concession zum Bau und Betrieb einer Eisenbahn auf hiesigem Gebiet zu ertheilen. Hiemit schloss sich die Morgensitzung.

Nachmittagssitzung. Hr. Referent Aug. Stähelin-Brunner des Raths eröffnet die Discussion über den Antrag des Kleinen Raths, sich an der Centralbahn mit einer Actienzeichnung von 2 Millionen zu betheiligen, mit einer klaren Begründung der Nothwendigkeit dieser Massregel: er weist auf die Stellung Basels in dieser Angelegenheit hin, es sei das Hauptthor der Schweiz und habe nicht müssig zusehen dürfen; es dürften dabei aber die Schwierigkeiten nicht verkannt werden, mit denen überhaupt Eisenbahnen in unserm Vaterlande zu kämpfen haben und gerade im Hinblick darauf habe die Regierung geglaubt, es liege in der Pflicht des Staates, sich auch materiell zu betheiligen, ähnlich frühern Vorgängen (französ. Eisenbahn etc. etc.).

Der Referent tritt hierauf in die finanziellen Verhältnisse dieses Vorschlages näher ein und empfahl endlich die Annahme desselben.

Nach einigen Bemerkungen des Hrn. Deputat LaRoche, der diesen Vorschlag für einstweilen zurückweisen will, begründet Hr. W. Burckhardt-Forkart folgenden Antrag:

„1) Auf die Actienzeichnung sei die Bestimmung geltend, dass die Eisenbahn Basel-Olten gebaut wird,

2) die bewilligte Summe kann nöthigenfalls durch den Kleinen Rath von sich aus noch um die Hälfte erhöht werden, wenn zur Förderung des Unternehmens die in Betracht kommenden Gesammtverhältnisse dies rechtfertigen."

Dieser Antrag wurde abgewiesen und sodann derjenige des Rathschlags mit 188 Stimmen gegen keine angenommen."

. . . .

Der Kleine Rath im Einverständniss mit der Verwaltung der Centralbahn machte von der Ermächtigung zur Actienzeichnung bis zu einem Betrag von 1½ Millionen Franken Gebrauch.

Anfangs December 1852 war also die Centralbahn im Besitze sämmtlicher Concessionen, mit Ausnahme der des Kantons Aargau für die Strecken Olten-Murgenthal, Aarburg-Zofingen und Aarau-Baden.

Die Lage im Aargau war keine einfache. Sie findet sich in nachfolgendem Schreiben trefflich gezeichnet:

Aarau, 5. August 1852.

. . . .
„Ich glaube wohl behaupten zu dürfen, dass der einsichtsvollere Theil unserer Bevölkerung der Hauensteinbahn zugethan ist. Viele mögen die Nordbahn längs dem Rheine vorziehen; doch müssen gewiss auch diese ihren Wunsch aufgeben, wenn es einmal klar wird, dass dieselbe nichts anderes sein kann als der blosse Anschluss an die badische Bahn in Waldshut, d. h. etwas durchaus unnationales. In vielen und auch in meinen Augen ist die Hauensteinbahn in Verbindung mit der diagonalen Westostbahn das einzige ächt schweizerische Unternehmen; ich freue mich, wenn Basel einmal die Schlafmütze bei Seite legt und ernstliche Einleitungen trifft, wäre es auch nur zu dem Zwecke um die Waldshuter Bahn unmöglich zu machen.

Sie fragen mich, wen ich in die vorberathende Versammlung vorschlagen würde und deuten zunächst auf Herrn .... hin, dieser ist nun zweifelsohne in vielen Beziehungen der rechte Mann, doch muss ich Sie darauf aufmerksam machen, dass seine Stellung in Eisenbahnsachen eine isolirte, ich möchte fast sagen, compromittirte ist. Sie wissen vielleicht, dass — die Hauensteinbahn und diejenige von Baden nach Olten vorausgesetzt — Herr ..... alle seine Bestrebungen dahin richtet 1. die Westostbahn von Olten über Zofingen nach Bern zu lenken, 2. die Luzernerbahn von Zofingen über Wohlhausen nach dem Stephenson'schen Projecte zu realisiren. Das erste bringt ihn mit den Solothurnern in Conflict, das zweite mit den Aargauern, denn wir wollen hier von der Bahn Olten-Wohlhausen-Luzern nichts wissen, sondern arbeiten auf die Seethallinie hin, welche bei 2 Millionen erspart und die Zürich und die östliche Schweiz um 9 Stunden näher an Luzern bringen, während dem Basel und Bern ebenso nahe bleiben wie auf der andern Linie. Ich sage Ihnen dies nicht sowohl um von Herrn

"......, den ich sehr hochachte, abzurathen, sondern um die Sachlage zu zeichnen."

. . . .

Zu den sich widerstrebenden Interessen der einzelnen Landesgegenden, welche die Unterhandlungen zu erschweren drohten, gesellte sich die Concurenz der Zürcher Nordbahn.

Es ist wohl hier der Ort um über den Antagonismus in Eisenbahnsachen zwischen Basel und Zürich, der in den Jahren 1852 und 1853 am heftigsten zum Ausbruch kam, einige Aufschlüsse zu geben.

Wir finden über diesen Punct in der „Basler Zeitung" vom 15. September eine, unseres Erachtens objectiv gehaltene Darstellung, welche lautet:

„Der Eisenbahnwetteifer zwischen Zürich und Basel scheint mit jedem Tage lebhafter werden zu sollen, und das gestern erwähnte Begehren der zürcherischen Nordbahn-Direction an Aargau, sowie der von mehreren Seiten berichtete Vertrag derselben mit den Neuenburger Abgeordneten sind wohl geeignet, demselben neue Nahrung zu geben. Wir haben schon einmal gesagt, dass ein solcher beide Theile zu Anstrengung ihrer Kräfte anreizender Wetteifer den Interessen des Ganzen förderlich sein könne. Dazu aber ist erforderlich, dass er rein bleibe von blinder Leidenschaft und wir halten deshalb dafür, dass die Presse eine wichtige Pflicht auf sich habe, denn sie kann nicht wenig zu dessen Vergiftung oder Reinerhaltung beitragen. Eingedenk dieser Pflicht, wollen wir uns bemühen, die Frage ohne Zorn und Eifer zu besprechen.

Als in den dreissiger Jahren die erste Anregung zur Erbauung einer Eisenbahn von Zürich nach Basel von ersterer Stadt ausging, verhielten sich die beiden Städte dazu sehr verschieden. In Zürich wurde der Gedanke lebhaft erfasst und die leicht erregbare Gemüthsart des Zürchers war bald eingenommen durch den Glanz des Gedankens einer grossen Weltverbindung, wobei man die Schwierigkeiten kaum gehörig in's Auge fasste. Der kältere und bedächtigere Basler erwog diese letzteren, blickte um sich und sah das neue Verkehrsmittel noch in ziemlicher Ferne von der Schweiz, der damals keine Gefahr der Umgehung drohte. Diese Kälte wurde von den feurigen Liebhabern der glänzenden Idee mit Empfindlichkeit aufgenommen, es wurden derselben vielfach unlöbliche Motive unterlegt, und als der Schwierigkeiten viele sich entgegenstellten, war man nur zu sehr geneigt, dieselben den

Umtrieben baslerischer Abneigung zuzuschreiben. Schon damals mag auf beiden Seiten manche Aeusserung gethan worden sein, welche nur geeignet war, die Spannung zu vermehren. Die Sache ruhte einige Zeit, um im Jahre 1845 lebhafter wieder aufzutauchen. Zürich suchte eine Verbindung nach aussen hin, Basel eine solche nach innen, aber leider begegneten sich beide Städte nicht. Basel sucht nicht nur eine Verbindung mit Zürich, es will auch auf möglichst kurzem Wege andern Schweizerstädten die Hand reichen, es will eine Centralbahn. So entstand der Gedanke, mitten durch den Jura hindurch sich einen Weg zu bahnen. Als dieser Gedanke zuerst auftrat, fand er nur wenig Glauben und es fehlte nicht an Spott über dessen Abenteuerlichkeit, und wir fügen bei, nicht nur in Zürich ergoss sich solcher Spott. Dessenungeachtet traten einsichtsvolle Männer zur nähern Prüfung desselben zusammen, und der Gedanke gieng aus einer ersten Prüfung Sachverständiger mit Ehren hervor, sonst aber fehlte es an Allem, an dem Zusammenwirken der Kantone, wie an Geld; mit Lachen erinnert man sich noch der damaligen Umtriebe wegen eines Birsfeldbahnhofes. Während so Basel nach Südost sich sehnte, suchte Zürich den Weg nach Nordwest, in Basel glaubte man über Zürich sich beschweren zu können, man beschuldigte es der Theilnahme an den Birsfeldumtrieben und glaubte zu wissen, dass es in Karlsruhe der naturgemässen Verlängerung der badischen Bahn durch allerlei Mittel entgegenwirke, um mit Umgehung von Basel über Waldshut und Lörrach die grosse Verkehrsstrasse zu gewinnen. Während nun Basel leer ausgieng, erhielt Zürich das Bruchstück bis Baden, und eine allgemeine Concession bis Waldshut und Aarau."

. . . .

Um auch der gegentheiligen Ansicht Raum zu geben, lassen wir die Antwort der „N. Z. Z.", 17. September 1852, folgen:

Verrières-Zürichbahn.

Die Ingenieurs, welche gegenwärtig den Jurapass im Interesse der Verrières-Zürichbahn untersuchen, finden die Lage nicht ungünstig. An einem einzigen Punkte sind 2% Steigung zu überwinden. Das Schreiben der Nordbahndirection an die Regierung von Aargau hat, wie die Beantwortung ausweist, zu amtlichen Schritten geführt und man gewärtigt in Aarau weitere Mittheilungen. Das grösste Gewicht für das Verrières-Project hat aber die Nachricht, die wir heute an der Spitze von Frankreich bringen, dass nämlich die Handelskammer von Lyon sich angeboten habe, den Bau der Turin-Chambéry-Lyonbahn zu übernehmen. Durch diesen Schritt muss die Salins-Verrières-Unternehmung um so rentabler werden, je weniger sie von andern directen französischen Influenzen nach der Schweiz belastet wird.

Diese Thatsachen, welche uns nicht nur im Interesse Zürichs, sondern der Schweiz, zu den hoffnungsvollsten Aussichten berechtigen, unterhalten in der Basler Zeitung fortwährend eine misstrauische Stimmung, die wir von einer so eminent kaufmännischen Umgebung her kaum zu begreifen vermögen. „Damit der Eisenbahnwetteifer zwischen Zürich und Basel rein bleibe von blinder Leidenschaft," so sagt die Basler Zeitung, „wolle sie sich bemühen, die Frage ohne Zorn und Eifer zu besprechen." Aber trotz der Mühe, welche sich die Basler Zeitung gibt, erlaubt sie sich Deutungen, welche der loyale Charakter der zürcherischen Handelspolitik nicht verträgt. Sie sagt z. B. über den Vertrag zwischen der Zürcher Nordbahngesellschaft und den Neuenburger Abgeordneten: „Es scheine ausdrücklich in demselben ausbedungen, dass die Contrahenten jeder diesem Projekt schädlichen Konkurrenz entgegen arbeiten werden." Diese Worte müssen offenbar in Beziehung auf die Centralbahn gedacht werden und setzen also eine Intrigue gegen den Hauensteintunnel voraus. Eine solche Intrigue hat nun aber gar keinen Grund, keinen Sinn, sie wäre zweck- und kopflos, da es der Verrières-Zürichbahn nur erwünscht sein kann, wenn sie, ohne irgend welche eigene Anstrengung, die Influenz der Hauensteinbahn erhält, da diese entweder auf die Verrières-Zürichbahn abladet, oder was diese aus dem Osten und Westen der Schweiz bringt, nach Luzern und Italien mitnimmt. Beide Unternehmen konkurriren also nicht gegen einander, sondern für einander, sie unterstützen sich gegenseitig; freilich würde dann nicht mehr Alles und nicht ausschliesslich Alles über Basel gehen, was aber mit der Mehrheit schweizerischer Interessen wohl verträglich wäre.

Durch das vorgesagte wird auch zugleich widerlegt, was die Basler Zeitung in ihrem Rückblick auf die Geschichte der Nordbahn von einer Theilnahme Zürichs an den Birsfeld-Umtrieben durchblicken lässt, ja was sie als sehr wahrscheinlich darstellt, „dass Zürich nämlich in Karlsruhe der naturgemässen Verlängerung der Badischen Bahn durch allerlei Mittel entgegenwirkte, um mit Umgehung von Basel über Waldshut und Lörrach die grosse Verkehrsstrasse zu gewinnen." Zürich konnte nie ein Interesse haben, dass die Badische Bahn nicht nach Basel münde; lasse man also ab von Visionen, welche keinen praktischen Boden haben.

Was mag aber wohl die Basler Zeitung innerlich gedacht haben, als sie die Richtungen der beiden Städte bei der ersten Eisenbahnanregung durch folgenden Passus à la Guerronière bezeichnete: „In Zürich, so schreibt sie, wurde der Gedanke lebhaft erfasst und die leicht erregbare Gemüthsart des Zürchers war bald eingenommen durch den Glanz des Gedankens einer grossen Weltverbindung, wobei man die Schwierigkeiten kaum gehörig in's Auge fasste. Der kältere und bedächtigere Basler erwog diese letztern, blickte um sich und sah das neue Verkehrsmittel noch in ziemlicher Ferne von der Schweiz, der damals keine Gefahr der Umgehung drohte. Diese Kälte wurde von dem feurigen Liebhaber der glänzenden Idee mit Empfindlichkeit aufgenommen, es wurden derselben vielfach unlöbliche Motive untergelegt, und als der Schwierigkeiten Viele sich entgegenstellten, war man nur zu sehr geneigt, dieselben den Umtrieben baslerischer Abneigung zuzuschreiben."

Wir haben nicht im Sinn auf alte Beschuldigungen zurückzukommen; denn, aufrichtig gesagt, wir möchten gut stehen mit Basel, unser Interesse verliert auch nichts bei der wohlverdienten Anerkennung, die wir der Leistungsfähigkeit Basels zollen, aber wir können uns doch nicht so leichtsinnig als Schwärmer, die keine Schwierigkeiten zu berechnen wissen, hinpflanzen lassen, während wir uns nie über die Theilnahmlosigkeit Basels, sondern über von daselbst verheissene und nicht eingetretene Unterstützung beklagt haben. An 9178 Actien, von denen die Stadt Zürich 3773 nahm, betheiligte sich Basel-Stadt 1841 mit 131 Aktien: eine Thatsache, die für sich selbst spricht und die auch so entmuthigend auf die fremden Antheilhaber eingewirkt hat, dabei darf das Faktum nicht vergessen werden, dass die „kältere und bedächtigere" Basler-Regierung nicht auf das Gesuch einer Concession eintreten wollte, bis ein Theil der Bahn vollendet sei.

Diese kurzen Bemerkungen sollen keinen alten Streit erneuern, sondern einfach als Berichtigung dienen für Zumuthungen, die man ehrenhalber nicht gleichgültig hinnehmen kann. —

Wer das Verrières-Projekt als das nimmt, was es ist, als eine ursprünglich französische Idee, der kann in Basel wie in Zürich in dem gleichem Wunsche übereinkommen: von einer einmal gegebenen Thatsache den grösstmöglichen Nutzen zu ziehen.

Ein Privatschreiben, das ich mittheilen will, enthält auch interessante Aufschlüsse über die Stimmung, die damals in Zürich hinsichtlich der Centralbahn obgewaltet hat.

Das Schreiben lautet:

ZÜRICH, 21. October 1852.

. . . .

Hier ist man ärgerlich über die seiner Zeit von Basel erhaltenen bekannten Antworten; dort ist man vielleicht ebenso ungehalten über das oder jenes, was von hier aus gethan worden ist oder sein soll. Die meist von Unberufenen geschriebenen Zeitungsartikel, welche gar keine Beachtung verdienen, werden doch beachtet und verschlimmern noch die gegenseitige Meinung. Hier glauben nun manche Personen, denen es weder an Einsicht noch an günstiger Stellung fehlt, Basel sei es mit den jetzigen Bestrebungen gar nicht Ernst, das Ganze sei eine Intrigue mit der Absicht alle andern Bauten zu verhindern, so dass Basel der Endpunkt der auswärtigen Bahnen bleibe, oder aber doch wieder auf den Bau von Seiten der Eidgenossenschaft zurückgekommen werden müsse; ich theile solche Ansicht ganz und gar nicht und antworte „Glauben Sie denn im Ernst, dass Leute wie Speiser, Sarasin und Geigy sich zu dergleichen Manöver hergeben?" Hierauf replicirt man mir: „Diese vielleicht nicht, aber andere die dahinter stecken" etc. etc. Ich theile Ihnen das nur mit, um Ihnen die Stimmungen, denen man begegnet, anzudeuten. Meine Meinung ist, es könne der Nordbahngesellschaft nur angenehm und erwünscht sein, wenn eine Basler Bahn von da nach Olten zu Stande komme, ob mit Fortsetzungen nach Luzern, nach Bern etc. sei für die hiesigen Interessen ziemlich egal. — Ersteres gesichert könne eine Bahn von Olten nach Baden nicht ausbleiben; das sei die Hauptsache, und unter den gegenwärtigen Constellationen im Aargau sei es lächerlich (Sie sehen, ich stimme ganz mit Ihnen hierin überein) sich darüber zu streiten, wer dieses Stück zu bauen habe: Die Nordbahn kann es nicht bauen ohne Sie in Olten, Sie können es nicht bauen ohne Anschluss in Baden — die Aargauer, wenn sie sich „weder der einen noch der andern Geldmacht in die Hände liefern", sondern selbst bauen wollen, können es nicht ohne die beiden andern. Ich denke am Ende werde auf allen Seiten die Vernunft die Oberhand gewinnen müssen, und wenn einmal ihr Rail nach Olten wirklich gesichert ist, so werde man sich hier zu Unterhandlungen wohl herbeilassen; etwa eine geeignete Mittelsperson wird sich dannzumal wohl auch finden, aber im Augenblick schwebt mir keine vor; ich selbst kann sie aus verschiedenen Gründen nicht sein, aber ich hoffe, Sie betrachten diese letztere Aeusserung nicht als eine Präsumtion meiner Seits; unmöglich ist es ja nicht, dass Ihnen bei Lesung des Vorstehenden ein solcher Gedanke aufstiege."

. . . .

Im Kanton Aargau spielte sich nun der Kampf ab zwischen Basel und Zürich.

In der That, als Anfangs September die Centralbahn bei der aargauischen Regierung ein Concessionsgesuch eingab, langte wenige Tage darauf, am 11. September, ein Schreiben der Nordbahn ein folgenden Inhalts:

Zürich, 10. September 1852.
Tit.

Nachdem die Fortsetzung der schweizerischen Nordbahn mehrere Jahre in Folge der Zeitverhältnisse unterbrochen worden, sind wir nun unter günstigern Umständen gesonnen, die Vollendung dieser Bahn sowohl bis Waldshut als bis Aarau mit allen uns zu Gebote stehenden Mitteln zu betreiben. Zu diesem Zwecke bedarf es aber des Anschlusses an grössere Verkehrslinien, für den sich uns gegenwärtig auch in westlicher Richtung von Aarau aus gegründete Aussichten eröffnen, und worüber wir bereits in verschiedene Unterhandlungen getreten sind, deren Zustandekommen die Ausführung eines bedeutenden Theiles des schweizerischen Eisenbahnnetzes sicherstellen würde.

Ueberzeugt, dass Sie, Tit., die Wichtigkeit dieses Verkehrsmittels für die Wohlfahrt des Landes erkennend, allen Bestrebungen dasselbe herzustellen, Ihre geneigte und kräftige Unterstützung nicht versagen werden, ersuchen wir Sie, gestützt auf § 14 des diesfälligen Dekrets vom 3. Heumonat 1845, der schweizerischen Nordbahngesellschaft die hoheitliche Concession für die Erbauung und den Betrieb einer Eisenbahn von Aarau bis an die westliche Grenze Ihres Kantons, sowohl gegen Olten als gegen Murgenthal, bewilligen und hiezu die Genehmigung der obersten Landesbehörde einholen zu wollen.

Indem wir der Hoffnung leben, dass das Gesuch einer Ihnen wohlbekannten, förmlich organisirten und bereits seit längerer Zeit auf aargauischem Gebiet in Betrieb stehenden Gesellschaft ein geneigtes Gehör finden werde, erklären wir uns bereit, Ihnen über das Détail der Ausführung so schnell als immer möglich jede wünschbare Auskunft zu ertheilen und haben inzwischen die Ehre, Sie unserer ausgezeichneten Hochachtung und Ergebenheit zu versichern.

Für die Direction der schweiz. Nordbahngesellschaft."

Ueber diesen Schritt bemerkte ein Brief vom 15. September von Basel:

„Den Schachzug der Zürcher werden Sie aus den Zeitungen vernommen haben. Indem sie von Aargau die Concession für eine Linie begehren, die wir in unser Netz aufgenommen hatten, ist das eine förmliche Kriegserklärung.

Wir werden nun sehen, was zu thun ist. Für den Augenblick sind unsere guten Leute hier sehr erstaunt."

Allein nicht nur für ihre Entwicklung von Olten aus nach Osten fand sich die Centralbahn bedroht, sondern auch für ihre

Stammlinie Basel-Olten, durch das von Zürich her lebhaft unterstützte Project einer Bötzbergbahn und für die Luzerner-Linie durch das Project einer Reussthalbahn.

Um den Gefahren einer Bötzbergbahn zu begegnen, hatte die Centralbahn bei dem Kanton Baselland sich Ausschlussrechte erwirkt, so dass eine Fortführung der Bötzbergbahn auf basellandschaftlichem Gebiet abgeschnitten war.

Aehnliche Ausschlussrechte hatte sie sich schon im September 1852 durch Luzern geben lassen, um sich vor dem im Kanton Aargau sehr populären Project der Reussthalbahn zu schützen, welchem dadurch ein Ende gemacht wurde.

Diese Thatsachen scheinen nun den Kanton Aargau arg erbittert zu haben. Wir lassen einige Briefe folgen, welche über die Entwicklung der Angelegenheit Aufschluss geben:

AARAU, 27. November 1852.

. . . .
„Ich habe mich diese Woche im Grossen Rath überzeugt, dass die Stimmung uns nicht günstig ist. Jedermann hat das Gefühl, dass man Aargau umgangen hat, indem man zuerst mit allen andern Kantonen abschloss und desswegen dürfte es sich wohl zeigen, dass meine Voraussagen alle eintreffen dürften und diejenigen des Herrn .... sich nicht bewahrheiten werden.

Am Ende werden noch die Nordbahn-Direction, Aargau, Solothurn und Thorne*) eine gemeinsame Sache machen.

Ich wollte Ihnen diese schwarzen Eindrücke der verflossenen Tage einstweilen übermitteln."
. . . .
sodann:

AARAU, 22. Dezember 1852.

„Ich kann Ihnen die Nachricht bezüglich Bötzberg, welche ich gestern dem Herrn Präsidenten machte, des genauern bestätigen.

Zürich hat sich jetzt bereit erklärt, die Strecke Baden-Lenzburg-Aarau zu bauen und sich den Bestimmungen des schweiz. Eisenbahngesetzes zu unterziehen, sobald ihm eine Bahn von Westen her entgegenkomme.

Dazu besteht es aber ferners darauf, dass man ihm Aarau-

---

*) Englischer Unternehmer.

Wöschnau concedire, was eine offenbare Feindseligkeit gegen die Centralbahn ist, weil vorgestern die Solothurner Beschlüsse genugsam in Zürich bekannt sein mussten. Die Offerte mit dem Bötzberg ist genau so, wie ich gestern meldete.

Die Nordbahn - Direction gibt sich den vollkommenen Anschein, als ob sie bereit sei, auf diese Linie überzugehen und den Rhein zu lassen. Wie stimmt das mit dem Brief des Herrn .....?

Die Wahrheit ist, dass die Nordbahn ihr Spiel nicht nur mit dem Kanton Aargau treibt, sondern dass sie mit dem Bötzberg einen Streich gegen die Centralbahn ausführt.

. . . .

Mittlerweile sind unsere Frickthaler und Freienämter Grossräthe sehr munter und vereinigen sich morgen zu einer Besprechung in Eisenbahnfragen.

Auf morgen hat die Regierung beim Grossen Rath einen Bericht über den Gang der Eisenbahnangelegenheit angekündigt."

. . . .

AARAU, 22. Dezember 1852.

. . . .

„Heute empfing der Grosse Rath eine Botschaft des Regierungsrathes worin 1. die Unterhandlungen mit der Nordbahn; 2. diejenigen mit der Centralbahn beide sehr cursorisch relatirt wurden; mit berechneter Umgehung der Frage über die Concession von 1845. Der Bericht schliesst mit folgenden Schlussansichten:

1. Seien die Untersuchungen und Unterhandlungen in den für die Gesammtinteressen des Kantons zweckmässigsten Richtungen mit aller Beförderung fortzusetzen, 2. sei von der Centralbahn eine unbedingte Verzichtleistung auf das Ausschlussrecht von Concurrenzbahnen zu verlangen und seien von den Kantonen Baselland und Luzern Staatsverträge zu gegenseitigem freien Durchpass und gegenseitigem freien Anschluss abzuschliessen.

Es wurde sodann, entgegen den Absichten Einzelner, die eine Diskussion provoziren wollten, beschlossen:

Dem Rathe seinen Bericht zu verdanken und ihn einzuladen auf dem betretenen Wege fortzufahren, damit auf eine ausserordentliche Januarsitzung definitive Anträge möglich werden."

. . . .

Die Centralbahn drohte nun, nachdem alle Versuche zu einer Einigung zu gelangen, gescheitert waren, den Kanton Aargau mit der Berner Linie gar nicht zu berühren und letztere von Olten aus über solothurnisches Gebiet auf dem linken Aareufer, nach Murgenthal bzw. Langenthal zu führen. Bezüglich Aarburg-Reiden, wäre bei der Bundesversammlung eine Zwangs-Concession verlangt worden.

Als diese Absichten bekannt wurden schrieb obiger Gewährsmann:

AARAU, 26. December 1852.

"Unter Bezugnahme auf dasjenige, was ich verflossene Woche an die Herren Rathsherr Geigy und Speiser geschrieben, glaube ich Ihnen über die Aargauerangelegenheit folgende Mittheilungen machen zu müssen.

Im Gespräch mit den einsichtsvollsten Männern der Regierung, des Grossen Rathes und der Grossräthlichen Eisenbahncommission habe ich folgende vorherrschende Ansichten wahrgenommen. Man zollt dem Unternehmen der Centralbahn alle Anerkennung und will dasselbe nicht vereiteln; weil es aber nur den südwestlichen Winkel des Kantons berührt, und das übrige Gebiet desselben zu Gunsten der Kantone Baselland, Solothurn und Luzern umgeht, so will man nun und nimmermehr der Centralbahn den Ausschluss der Bötzberg- und Reusslinie zum Opfer bringen. Diese Reflexion ist zu natürlich, als dass sie nicht allgemein wäre, als dass man sie dem Aargau verdenken könnte. Ich weiss zwar sehr wohl, dass die Centralbahn als nächste Gegenwehr die Drohung hat, die Strecke Olten-Murgenthal auf das solothurnische Ufer zu verlegen und mit der Luzernerbahn unsern Kanton über Murgenthal zu umgehen. Sie würden aber mit dieser Drohung nicht nur die Erbitterung steigern, sondern insofern Sie dieselbe vollziehen sollten, der Gegend von Zofingen, die ein unbestrittenes Verdienst um die Centralbahn hat, eine bedeutende Wunde schlagen. Der Verlust, den diese Gegend dabei erleidet, würde bei der heutigen Stimmung im übrigen Theile des Landes nicht berücksichtigt werden, sondern man wird sich mit desto grösserer Leidenschaft auf Bötzberg und Reuss werfen, und die Centralbahn selbst wird die Erstellung dieser Linien provocirt haben.

Die Gefahr derselben liegt nun aber unstreitig nicht so sehr in der Zukunft, als in der Gegenwart. Ein Ausschlussbegehren wird ihnen sogleich rufen, und der letzte Abenteurer wird heute Glück machen, wenn er eine Concession dafür verlangt und wird damit die Centralbahn schädigen und ihre kaum emittirten Actien herunterdrücken. Die Verzichtleistung auf den Ausschluss wird hingegen die Gemüther beruhigen, sie wird die Ausführung jener Bahnen einfach der Zukunft anheimstellen, ohne die Gegenwart dazu zu nöthigen; und jene Zukunft wird gewiss ferne genug liegen, als dass die Centralbahn mittlerweile nicht Zeit haben sollte, zu entstehen und zu erstarken.

Herr ..... befindet sich in Bötzbergsachen in Paris. Unsere Frickthaler und Freienämter wissen darum, denn nur so lässt sich ihre Zuversicht erklären. Die ungenügendsten und verfänglichsten Versprechungen des genannten Herrn, werden hier Anklang finden, wenn die Centralbahn die Lage auf die Spitze treibt. Wenn Sie sich aber nachgiebig zeigen, wenn Sie den Ausschluss entweder aufgeben oder auf kurze Zeit beschränken, so wird man auch Ihnen entgegenkommen. Man wird die Lösung der Bötzberg-Reussfrage einer reifern Zukunft übertragen, weil man finden wird, dass Offerten, wie Herr ..... sie machen kann, mit den Ansprüchen des Staates unverträglich sind. Kurz gesagt, Sie werden Ihre Concession erhalten und bauen, und wenn der Beginn Ihrer Schöpfung Jedem klar vor Augen liegt, so werden Andere sich dreimal besinnen, ehe sie Concurrenzbahnen erstellen. Handeln Sie anders, so wird der ganze Streit vor die Bundesversammlung kommen, und gehässig sowie verderblich für das Allgemeine Beste werden. —

Diese Ansichten glaubte ich Ihnen in treuer Anhänglichkeit an ein rein schweizerisches Streben, aber auch in Rücksicht auf die Stellung, die der Aargau im Vaterlande einnimmt, nochmals vorlegen zu müssen, und empfehle mich Ihnen u.s.w."

. . . .

Diese Aeusserungen bestimmten die Centralbahn auf solche extreme Massregeln zu verzichten, in der Hoffnung, es werde sich schliesslich doch noch eine Verständigung erzielen lassen.

Diese Hoffnung erfüllte sich zwar; jedoch nur theilweise, indem von den verlangten aargauischen Concessionen die Centralbahn nur die für Olten-Murgenthal und Aarburg-Zofingen erhielt, die für Aarau-Wöschnau der Nordostbahn zufiel, welche hinwieder den Bau der Strecke der Centralbahn übertrug und ihr auch den Betrieb auf Concessionsdauer einräumte.

Die Concessionsertheilungen erfolgten jedoch erst im Jahr 1853, die Abmachungen mit der Nordostbahn, betreffend Aarau-Wöschnau, fielen in das Jahr 1855.

Zum dritten, eigentlich dem Cardinalpunkt des Programmes gelangend, nämlich zu der Frage der Geldbeschaffung, erinnern wir vorerst daran, wie bescheiden die Aussichten waren, welche die Eisenbahnen in der Schweiz dem Anlage suchenden Capital boten; hatten sich doch die Experten Geigy und Ziegler im Jahr 1850 dahin ausgesprochen, dass ohne Zuhilfenahme des Staatscredits das erforderliche Geld sich nicht finden werde, eine Ansicht, die auch von der Mehrheit der nationalräthlichen Commission getheilt wurde, obwohl diese bezüglich der Rendite zu etwas günstigeren Resultaten gelangt waren als die Experten.*)

Der ursprüngliche von Bankdirector Speiser für die Centralbahn entworfene Finanzplan war auch unter der Voraussetzung einer Unterstützung durch den Staats- bzw. Kantonscredit festgestellt. Ueber diesen Finanzplan gibt ein Schreiben Speisers vom 9. August, also vor der grossen Versammlung vom 26. August abgefasst, Aufschluss:

„Für die Linien, die unser Netz ausmachen sollen, bedürfen wir:

Basel-Olten	13½ Mill.	—	
Olten-Solothurn	7½ „	—	
Solothurn-Lyss	— „	3⁴/₁₀ Mill.	bleiben einstweilen
Lyss-Bern	— „	4³/₁₀ „	unberücksichtigt.
Olten-Baden	7½ „	—	
Aarburg-Luzern	9 „	—	
	37½ Mill.	7⁷/₁₀ Mill.	

„Dieses Capital schlage ich vor aufzubringen:
a) vermittelst Actien auf denen die betreffenden Kantone 3½% Zinsen für 10—15 Jahre garantiren würden   12½ Mill.
b) vermittelst einfacher, nicht garantirter Actien   15 „
c) vermittelst Obligationen, einfach verzinslich   10 „
                                                  37½ Mill.

---

*) Speciell für die Centralbahn machte der Bericht folgende Angaben:

Olten-Basel	Nettoertrag	4⅛ %
Olten-Brugg	„	5¼ %
Aarburg-Luzern	„	2.42 %
Wynigen-Solothurn	„	1⅞ %
Bern-Olten	„	4⅛ %
Bern-Thun	„	2¼ %

„Die garantirten Actien würden über den Zins einen verhältnissmässig **kleineren**, die nicht garantirten einen **grösseren** Antheil am Reinertrag bekommen, wodurch die letztern in vielen Augen einen Vorzug vor den erstern gewinnen müssten.

Die zu leistende Garantie der Kantone würde ich auf etwa $^1/_3$ des ihr Gebiet betreffenden Baucapitals festsetzen:

			Gefahr, im Fall die Bahn nur $2^1/_2$ % abträgt.	
Basel-Stadt	3	Mill.	Fr. 30,000	jährlich
Basel-Land	$1^1/_2$	„	„ 15,000	„
Solothurn	$2^1/_2$	„	„ 25,000	„
Aargau	$2^1/_2$	„	„ 25,000	„
Luzern	3	„	„ 30,000	„
	$12^1/_2$	Mill.	Fr. 125,000	„

Es fragt sich nun, wird diese Garantie erhältlich sein?

Von Basel-Stadt, wenn die Regierung sie begehrt, von Solothurn und von Luzern ist sie gewiss.

Von Aargau weniger, von Basel-Land noch weniger.

Wenn aber Basel stark vorangeht, so ist es höchst wahrscheinlich, dass die Andern folgen werden: die Gefahr ist wahrlich sehr gering und nicht im Verhältniss der Sache.

. . . .

Von auswärts sind verschiedene Anfragen über unsere Eisenbahnprojecte gekommen und darunter solche, welche die **bestimmteste** Aussicht geben, dass die Geldaufbringung in London und Paris sich rasch und leicht machen wird. Aber überall wird die Bedingung vorangestellt, es müsse sich **zuvor** in Basel eine **respectable** Gesellschaft gebildet haben. Unsere Bankier sind durch jene an sie gelangten Anfragen ermuthigt und setzen sich eifrigst en campagne."

. . . .

Indessen gab man diesen ersten Finanzplan bald auf, aus den in einem Memorial vom 31. August 1852 angeführten Gründen, welches wir folgen lassen:

Tit.

„Sie haben, in Ihrer Sitzung vom 27. des verflossenen Monats, dem Unterzeichneten die Aufgabe gestellt, Vorschläge auszuarbeiten, über den finanziellen Theil des Unternehmens der schweiz. Centralbahn.

Man hat für die Lösung dieser Aufgabe die Wahl, von zwei verschiedenen Modalitäten auszugehen.

1. Die unterstützende Betheiligung des Staats, resp. der Kantone, vermittelst Zinsengarantie oder Uebernahme von Actien.
2. Die Bildung einer unabhängigen, auf ihre blossen Kräfte angewiesenen Actiengesellschaft.

Auf eine Combination im erstern Sinne scheint man angewiesen durch das Beispiel fast aller Staaten, sowie durch die Thatsache, dass von Seiten auswärtiger Häuser auf diessfällige Anfragen die Bedingung der Staatsunterstützung als eine nothwendige bezeichnet worden ist.

Dennoch glaubt der Unterzeichnete, vorerst wenigstens und auf so lange bis jene Nothwendigkeit unläugbar bewiesen sein wird, von einer Inanspruchnahme der Kantone abrathen zu sollen und zwar aus mehrfachen Gründen, wovon derjenige der damit verbundenen Schwierigkeiten nicht der geringste ist.

Der hiermit gestellte Vorschlag geht also dahin:

„in Verbindung mit in- und ausländischen Bankhäusern zur Bildung einer Actiengesellschaft ohne Staatsunterstützung die nothwendigen Schritte beförderlich zu thun."

Das Actiencapital des Unternehmens wäre vorläufig festzusetzen auf

Fr. 25,000,000. — in 50,000 Actien à Fr. 500. —
„ 15,000,000. — wären aufzubringen durch Emission von Prioritätsobligationen.

Fr. 40,000,000. —

Die Ausgabe von Obligationen ist in neuerer Zeit allgemein üblich und gewährt eine Verbesserung des Ertrags der Actien, indem die erstern nur einen fixen Zins von etwa $3^1/_2$% à 4% beziehen. Im obigen Fall, wenn das ganze Capital des Unternehmens einen Reinertrag von 5% abwürfe und die Obligationen mit 4% verzinst würden, so würden auf die Actien $5^3/_5$% fallen.

Der Unterzeichnete nimmt an, dass, wenn es gelingt, auf den beiden Plätzen London und Paris oder auch einem derselben für 20,000 Actien oder 10 Millionen Fr. Uebernehmer zu gewinnen, die Unterbringung der übrigen 15 Millionen Actiencapital in der Schweiz, Deutschland und Italien keinen Schwierigkeiten mehr unterliegen sollte. Ebenso sicher wird dann die Emission von Obligationen zu bewerkstelligen sein.

. . . .

Die Schlüsse, zu welchen das Memorial gelangte, wurden acceptirt und Unterhandlungen eingeleitet und zwar zunächst in London.

Der Bescheid lautete jedoch ungünstig und dies veranlasste

den Verwaltungsrath, sich sofort nach Paris zu wenden, mit welchem Platze überhaupt die meisten Anknüpfungspunkte bestanden.

Bei den bezüglichen Unterhandlungen hat namentlich ein Mann der Centralbahn grosse Dienste geleistet, dessen Name hier umsoweniger verschwiegen werden darf, als seine uneigennützige Mitwirkung der Centralbahn auch in der Folge von grossem Werth wurde; ich meine Emanuel Zwilchenbart*), den schweizerischen Consul in Liverpool.

Zwilchenbart war mit Bankdirector Speiser durch langjährigen geschäftlichen Verkehr in freundschaftliche Beziehungen gebracht worden. Er hatte sich Anfangs der fünfziger Jahre schon für das Zustandekommen der schweizerischen Eisenbahnen lebhaft interessirt. Es geht dies aus nachfolgendem, damals von ihm erlassenen Circular hervor:

M.

En prenant la liberté de vous remettre ci-jointe la Revue Commerciale que j'ai cru utile de rédiger au nom de ma maison, et ayant particulièrement traité la question du „Free Trade" en Angleterre, j'ai l'honneur d'y joindre la copie de quelques réflexions particulières dont j'ai cru devoir l'accompagner en l'adressant à Monsieur le président du Conseil Fédéral, à l'égard de l'absence de chemins de fer en Suisse.

Désirant qu'elles ne vous soient pas sans intérêt, j'ai l'honneur d'être avec considération

Votre très-humble et obéissant serviteur
EM. ZWILCHENBART,
Consul de Commerce suisse.

LIVERPOOL, 9 janvier 1851.

A Monsieur le Président du Conseil Fédéral à Berne.

........„Vous me permettrez peut-être, Monsieur le Président, de m'étendre avec vous sur la concurrence qui s'engage de plus en plus entre les industries européennes, et contre laquelle pour la protection de la sienne l'Angleterre a pris les mesures efficaces dont je rends compte.

---

*) Emanuel Zwilchenbart, am 4. August 1789 in Basel geboren, Sohn des J. J. Zwilchenbart, Magisters und späteren Pfarrers in Kilchberg (Baselland), hat seine kaufmännische Lehre im hiesigen Hause LeGrand gemacht. Ich gebe seine Briefe wortgetreu wieder.

„En voyant en Allemagne, surtout en Autriche et en Bohême, les entreprises de chemins de fer conduire les cotons et autres matières premières, presqu'aux portes des manufactures, et en calculant, en négociant, tous les avantages qu'elles retirent dans les frais de transport, et surtout par la célérité qui permet un virement des capitaux beaucoup plus prompt, je ne puis m'empêcher de vous exprimer la peine que j'éprouve en voyant la Suisse, si industrieuse et si riche, rester en arrière dans l'introduction de la plus belle et de la plus utile invention que la première moitié du siècle présent nous a léguée.

Entre autres préjudices qui devront en résulter pour la Suisse, outre son isolement par l'absence de ces indispensables voies de communication, j'y vois la privation de tout transit et une réduction immanquable dans le nombre de voyageurs.

Ces entreprises, introduites sur un principe d'économie, et un certain intérêt garanti par l'Etat, me sembleraient pouvoir devenir un emploi solide et profitable pour les économies des classes ouvrières, au lieu des caisses d'épargne d'autres pays."

Zwilchenbart hatte seinen Aufenthalt in der Schweiz im August und September 1852 benützt um sich über die eisenbahnlichen Verhältnisse in der Schweiz, speziell über die Centralbahn zu orientiren; er wohnte auch der Versammlung vom 26. August bei.

Seine Correspondenz erlaubt mir, Ihnen diesen Mann, mit seinem praktischen Verstand und seinem richtigen Blick, vorzuführen und ich würde ungern darauf verzichten, einige **Auszüge aus seinen Briefen** folgen zu lassen:

BERNE, 22 août 1852.

. . . .

„Après avoir visité les autorités ici et après quelques conversations sur les chemins de fer, il en est résulté pour moi un regret de voir qu'on n'est pas parvenu à un organisme, une affaire nationale dans le genre du Piémont; on le regrettera tôt ou tard.

Puisqu'il en est ainsi, vouz avez pris le bœuf par les cornes en commençant la formation d'un noyau de Compagnie. Si vous avez du succès, poussé par la jalousie et l'utilité, vous serez partout imités.

. . . .

Mais je vous engagerai beaucoup pour le présent à ne vous occuper aucunement du moyen d'exécution, quand vous aurez le noyau de souscription, un Conseil de douze à quinze membres et parmi eux un Comité de gestion de cinq membres, votre succès sera assuré.

Il faut choisir non pas des noms ou hommes nouveaux, il faut beaucoup d'intégrité et des noms connus pour attirer la confiance publique, car j'ai reconnu à Paris que la haute Banque devient extrêmement difficile dans le choix d'individus pour l'administration et aussi à l'égard des constructeurs, et il en est de même en Angleterre.

Enfin, cher Monsieur, pour être témoin de cette réunion, qui doit décider une question nationale suisse aussi intéressante, je me suis décidé à y assister." . . . .
. . . .

BADEN (Argovie), 6 septembre 1852.

„J'ai bien reçu vos lignes amicales du 4 courant. De différentes conversations que j'ai eues depuis mon départ de votre ville, j'ai reconnu partout l'opinion que les chemins de fer suisses doivent se faire avec l'argent étranger, parceque, dit-on, il n'y a pas assez de disponible, — on veut aussi beaucoup compter sur nos capitalistes et je trouve fâcheux qu'on ne veuille pas encore comprendre, qu'outre l'utilité d'un chemin de fer, la dépense enrichit le pays par un nouveau représentatif du capital mis en émission.

Donc, pour avoir chance à Londres et à Paris il vous faut de bonnes concessions et pour cela il faut que vous anticipiez à peu près les exigences qu'on vous fera, et il me semble que vous devriez pouvoir laisser entrevoir sur 5 % une prime de 40 %, ce qui ferait 7 %, et comme vous ne pouvez exactement calculer les dépenses, il me semble que la concession devrait vous donner une latitude pour régler votre tarif en conséquence.

Je comprends d'après ce que vous me dites que vos banquiers dans leur réunion ne sont arrivés à aucune conclusion, pas même pour une contribution préliminaire, et d'après cela vous pouvez juger que l'intérêt est partout la première considération, et que vous devez surtout vous préparer à le rencontrer ailleurs, si déjà vous le trouvez chez vous.

Je vois dans les journaux qu'on vient de faire un emprunt Turc qui est déjà à 5 % de prime, et ce serait bien étonnant, si la Suisse ne réussissait pas mieux !..."

BADEN (Argovie), 7 septembre 1852.

„. . . . . . Avec une concession du gouvernement en mains, vous pourrez par les consuls vous faire introduire, mais pour solliciter des souscriptions pour demander cette concession, cela deviendrait l'affaire d'un courtier dont la réussite me semblerait bien chanceuse."

. . . .

BADEN (Argovie), 9 septembre 1852.

. . . . „Il ne s'agit plus d'une affaire d'utilité, ce devient une affaire de bénéfice tiré de l'utilité." —
. . . .

ZURICH, 12 septembre 1852.

. . . . „Je vous ai dit que mon opinion sur votre projet ne pouvait se considérer que financièrement et que je considérais pour cela un revenu net pour le moins de 6 % nécessaire, et qu'à moins il vaudrait mieux ne pas s'en occuper pour se présenter aux bourses étrangères.

Ne sachant sur quelles données vous avez formé vos dits documents c'est un autre empêchement pour moi de vous faire mes remarques; et pour vous dire cependant quelque chose, je dois seulement suivre le point de finance et à cet égard vous m'excuserez de vous dire que mon opinion diffère de la vôtre sur les revenus, puisque je considère qu'il ne peut jamais être question de se présenter aux bourses de Londres et de Paris avec le modique intérêt de $3^1/_2$ et $5^3/_5$ % que vous mentionnez.

La construction de vos chemins de fer ne peut se comparer avec ceux de pays plats, mille événements peuvent se présenter dans vos montagnes pour augmenter sensiblement votre dépense et vous devriez vous réserver une grande marge dans vos tarifs pour les amener à une régularité après deux ou trois ans d'essai. Enfin il me semble que vous sollicitez, au lieu d'offrir des conditions susceptibles pour attirer les miseurs de fonds et les récompenser.

J'ai vu des formations de compagnies à Londres comme à Paris où à la première assemblée sur 50,000 actions il y avait 200,000 applications, et, je vous avoue, la froideur des dispositions de vos compatriotes impose à mon avis la nécessité d'insister sur de plus grands avantages que si vous aviez pu faire l'affaire entre vous. Ne perdez pas de vue que jusqu'à ce que vos actions soient casées il faudra qu'elles passent par deux ou trois mains, et que chacune veut y gagner.

Il me semble que les Cantons devraient venir au-devant de vous pour vous stimuler à l'entreprise, qui, je n'en doute pas, sera très-active, mais il ne faut pas travailler pour rien, et vous savez: bonne charité commence par soi-même. . . . . .

J'ai vu bien peu d'entreprises où la dépense n'a pas excédé l'estimation; . . . . . . si vous calculez votre dépense à 40 millions il faut d'avance déjà faire le calcul de votre tarif sur peut-être 60 millions avec vos montagnes, et enfin vous avez maintenant Mr. Etzel avec vous pour le consulter, et si le quart seulement de ce que M.... me dit sur le Hauenstein est vrai, cela doit mériter votre attention particulière pour en faire un objet séparé si possible, car d'après ce que je vois, Zurich et Argovie ne vous bonifieront rien pour la dépense extra, puisque leur intention est de faire le Chemin jusqu'à Aarau et jusqu'à Olten si vous faites le Hauenstein. Il me semble que moi ou vous sommes là-dessus encore dans l'ignorance et cependant vous voulez aller à Baden.

. . . .
Il est possible que mes idées soient sombres ou fausses. Mais n'importe, réfléchissez bien; pensez à l'élévation de votre position pour ne pas la perdre, et renoncez plutôt cent fois à une entreprise, à moins que vous ne puissiez la faire grandement et avec l'assurance d'une satisfaction d'avenir."

ZURICH, 15 septembre 1852.

. . . .
„J'ai dit à ceux d'ici: „Voyez la belle position d'Olten pour la réunion des Chemins de fer suisses!" — „Oui," disent-ils, „mais le Hauenstein!" Ils veulent le comparer au Semmering, qui au lieu de 8 coûtera 30 millions de florins, et si comme ils disent qu'ils ont l'opinion de M...., je vous avoue que je la préfère à celle à laquelle vous vous référez. M.... m'a confirmé encore tout et m'assure qu'ils n'ont point d'opposition ou de jalousie contre vous. Cependant je crois qu'ils préfèrent leur route. Je trouve que ce serait honteux d'entrer en Suisse par Bade, et que le Hauenstein doit se faire; mais il me semble que vous n'attachez pas assez d'importance au tort que l'opinion zuricoise peut vous faire auprès des bourses étrangères, car vous n'avez pas encore l'argent en poche."

Auf die finanziellen Unterhandlungen oder eigentlich Besprechungen haben folgende Briefe Zwilchenbarts Bezug:

PARIS, 24 octobre 1852.

. . . .
„Tout cela est d'un augure extrêmement favorable pour votre entreprise de chemin de fer, si vous pouvez en profiter, car aujourd'hui tout prend, il faut seulement savoir faire claquer le fouet sur le revenu.

Sans instruction je ne m'en occuperai naturellement pas et je n'en ai parlé qu'avec M. M.... qui reçoit des lettres et des questions de tous côtés, mais finalement son opinion coïncide parfaitement avec la mienne, qu'il faut en faire une affaire respectable de bourse, puisque la bourse seule peut faire mousser, et que sans mousse cela n'ira pas."

Paris, 27 octobre 1852.

. . . .
„J'en ai parlé à S. . . . un peu en passant et il me dit: „Bah! les Suisses, qui ont moitié de nos chemins français, ne viendraient pas chez nous s'ils avaient du bon à proposer!" J'ai eu occasion de passer chez R. . . . et lui ai demandé s'il comptait prendre intérêt dans les chemins suisses, et il me dit que non, parcequ'il n'y a aucune chance de réussite. J'ai aussi passé chez M. . . . et avec lui j'en ai parlé plus officiellement, lui disant que vous avez obtenu les concessions et pensiez sérieusement à la formation d'une Compagnie, et que vous vous adresseriez d'abord à lui. Il me répondit qu'il vous connaissait et que de plusieurs côtés déjà on lui avait parlé de l'affaire, mais qu'il ne voyait aucune nécessité pour la Suisse d'avoir des chemins de fer. Je l'ai fermement persuadé du contraire, enfin il ne recule pas et vous écoutera, mais il m'a fait cette remarque bien saine que je vous communique, à savoir que les choses sont bien changées depuis quelques mois, car alors il la jugeait impossible, puisque les Chemins français payaient 7%, mais aujourd'hui que la hausse ne les fait plus rendre que 4%, si ceux de Suisse font espérer 6%, il y aurait chance de réussir."

Paris, 28 octobre 1852.

. . . .
„Je vous ai écrit hier à la hâte. Je vous ai dit une opinion émanée d'un „junior partner" de la maison S. . ., et aussi de l'ami M. . ., qui pour vos chemins de fer ne voit certainement pas comme vous.

Aujourd'hui j'ai eu une longue conversation avec mon ami d'enfance le baron Seillière. Voici ce qu'il me dit: qu'il n'était point connu en Suisse encore, mais qu'il appréciait beaucoup les principes de respectabilité et de bonne foi, et qu'il n'avait aucune objection à devenir votre banquier, si vous le satisfaisiez sur la respectabilité et la convenance de votre Compagnie.

. . . . Si vous pouvez l'obtenir, je me fais fort de vous avoir Baring à Londres. Avec cela, mon ami, votre victoire est faite, car cela vaudrait mieux que des comités, et les fortunes viendraient solliciter des intérêts."

Paris, 28 octobre 1852.

. . . .
„Ma lettre de ce jour est à la poste. Je vous donne les paroles de Seillière, et vous concevez bien que mon influence y est pour beaucoup, et j'espère que personne n'ira lui dire le contraire sur l'utilité de vos chemins de fer . . . .

Je ne puis que vous dire que s'il se joint à vous il faut que cela réussisse; il ne permettrait ou ne s'associerait à rien d'irrégulier ni dans les personnes, ni dans les finances, et il ne faut pas essayer de lui imposer des co-intéressés contre son approbation. Il a avec lui les plus hauts noms d'ici et de Londres, et cela marchera tout seul."

Paris, 29 octobre 1852.

„Je vous ai écrit deux lettres hier; je vous répète que le baron Seillière est fort incliné à faire votre affaire, sauf les arrangements ultérieurs. J'ai vu P..., autre numéro un et ami de S..., et il me dit de suite: „Oh! si Seillière s'en mêle, je n'aurai point d'objection à le suivre!" et ainsi, vous voyez, je considère votre affaire faite avec Seillière.

Sur la hausse générale d'ici le revenu des actions diminue; cela doit rendre votre affaire meilleure et vous donner de la force." . . . .

Sobald es gewiss war, dass Seillière für das Geschäft gewonnen sei, erklärten auch die beiden andern Firmen (Marcuard & Hottinguer), an die man sich in erster Linie gewendet hatte, ihren Beitritt.

Es wäre damals schon, also im November, möglich gewesen, die finanziellen Unterhandlungen zum Abschluss zu bringen, wie dies ein Brief Speisers vom 10. November 1852 darlegt, welcher sagt:

„. . . . . Vergangene Woche war ich in Paris. Dort stehen die Dinge so, dass in zwei Tagen unser Geschäft abgeschlossen worden wäre, wenn es auf dem Punkte sich befunden, wo man damit auf den Markt kommen kann. Unglücklicherweise sind wir noch nicht auf diesem Punkt: wir haben zu viel Zeit verloren, wahrlich, darf ich sagen, nicht durch meine Schuld. Wie oft musste ich Vorwürfe über meine Hast und Ungeduld hören? Hätte man von dieser Hast sich hinreissen lassen, so wäre jetzt unser Unternehmen gesichert, während es noch den mannigfaltigsten Zwischenfällen ausgesetzt ist.

In der That unsere Lage ist die, dass beide Alternative der Wendung, welche der Geldmarkt nehmen kann, uns gleich gefährlich sind. Gehn die Kurse noch mehr in die Höhe, so entstehen stets mehr Concurrenten und man muss sich von den Kantonen immer ungünstigere Bedingungen gefallen lassen. Tritt eine Reduction ein, so haben wir den Moment verfehlt und die Verwirklichung unseres Unternehmens kann auf Jahre hinaus vereitelt werden. Hoffen wir das Beste, d. h. eine richtige Mitte."

Erst einen Monat später, am 9. December 1852, erfolgte in Paris der Abschluss.

„Drei hiesige Häuser," so schreibt Bankdirector Speiser von Paris aus, „übernehmen à forfait:

15 Millionen Actien,
5 „ ebenfalls à forfait die Basler Banquiers,
12 „ reserviren wir für die Schweiz,
16 „ Obligationen als Anleihen.
48 Millionen.

Meine Committenten billigen mich aber gar nicht und ich bekomme zum Dank die unfreundlichsten Briefe. Man findet das Anlehen-Theil zu stark, obgleich immer von diesem Verhältniss die Rede war."

. . . .

In der That wurde obiger Finanzplan etwas modificirt und das Actiencapital von 32 auf 36 Millionen erhöht, wovon fest übernommen wurden

17 Mill. = 34,000 Actien durch die drei Pariser Firmen,
5 „ = 10,000 „ „ die Basler Banquiers,
1½ „ = 3,000 „ „ Basel-Stadt,
1 „ = 2,000 „ „ Basel-Land,
zusammen 24½ Mill. = 49,000 Actien.

Die 11½ Mill. = 23,000 verbleibenden Actien wurden zur öffentlichen Subscription aufgelegt, in der Weise, dass den Inhabern von Gründungsactien das Recht eingeräumt wurde, für je eine dieser letzteren 10 wirkliche Actien zu zeichnen. Die Subscription hatte einen glänzenden Erfolg. Statt der aufgelegten 23,000 wurden rund 50,000 Actien gezeichnet. Die 23,000 Stücke wurden den Inhabern von Gründungsactien zugeschlagen. Alle Subscribenten, die keine solchen besassen, gingen leer aus, worüber sie um so unzufriedener waren, als in den ersten Tagen nach der Subscription die Actien an der Pariser Börse mit 20—30 Fr. Prämie per Stück wieder verkauft werden konnten. Viele schweizerische Actionäre konnten der Versuchung, einen leichten Gewinn einzuheimsen, nicht widerstehen und so gingen starke Posten von Actien aus der Schweiz nach Paris, wo sie noch eine Zeit lang von den Pariser Banquiers aufgenommen wurden. Sobald aber diese ihre Käufe einstellten, fielen die Actien auf pari und sogar darunter; die ganze Bewegung war von kurzer Dauer gewesen.

Immerhin wurde die erste auf den 10. Januar 1853 ausgeschriebene Einzahlung von Fr. 100. — per Actie auf sämmtlichen Actien richtig geleistet. Am 4. Februar erfolgte die Constituirung des Verwaltungsrathes. Zum Präsidenten wurde Rathsherr Geigy ernannt, der schon dem provisorischen Verwaltungsrathe vorgestanden hatte. Die Gesellschaft selbst nennt als ihren Gründungstag den 29. Dezember 1852, an welchem Tage das Gesellschaftscapital durch Actienzeichnungen gedeckt war.

Bevor ich die Aufzählung der Ereignisse des Jahres 1852 abschliesse, möchte ich noch erwähnen, dass damals schon zwischen Vertretern der Centralbahn und einflussreichen Männern aus den Kantonen Luzern und Uri Besprechungen stattfanden, bezüglich der Erstellung einer Gotthardbahn und dass im November 1852 bei Uri ein Concessionsgesuch für die Strecke von Flüelen bis Wasen und Göschenen eingegeben wurde. Ingenieur Koller hatte in einer Denkschrift vom Sommer 1852 die Vortheile des Gotthardprojects gegenüber den rivalisirenden Pässen vom Standpunkte der allgemeinen Landesinteressen sowohl als von dem der Rentabilität hervorgehoben. Der Centralbahn war selbstverständlich die Wichtigkeit dieser Frage für ihr Unternehmen nicht entgangen, schrieb doch Bankdirector Speiser bereits am 7. September 1852:

. . . .

„Wenn Aargau und Solothurn Schwierigkeiten machen, so lassen wir diese Kantone sich besinnen. Für uns sind die südlichen Linien die viel wichtigeren Operationslinien, obwohl Zürich gegenüber Baden unser strategischer Punkt ist.

Immerhin sind die Nord-Süd-Linien die uns eigensten, wenn andere die West-Ost-Linie bauen wollen, so kann uns das nur angenehm sein und nützlich — bauen aber andere dieselben nicht, nun so müssen wir sie selbst bauen. Wir schlagen uns aber nicht darum — mein Auge geht nach Süden — aber noch weiter als Luzern, dort liegt unsere Zukunft!"

. . . .

Im Jahr 1853 gewannen die Unterhandlungen eine bestimmtere Gestalt.

Endlich ist noch eines Ereignisses zu gedenken, das den Verwaltungsrath einer werthvollen Kraft beraubte, nämlich der Krankheit, welche dem Wirken des ersten Vicepräsidenten der Gesellschaft, Achilles Bischoff, ein Ende bereitete.

Achilles Bischoff hat sich als erster baslerischer Abgeordneter in den Nationalrath, bei den Zoll- und Postfragen, der Münzreform, den ersten Eisenbahnbestrebungen und bei der Gründung der Centralbahn ein Recht auf ein ehrendes Andenken Seitens der Eidgenossenschaft und seiner Vaterstadt Basel erworben.

Ein Schreiben aus Paris vom 28. Dezember 1852 gibt folgendes Bild der Lage des Unternehmens:

„l'émission de nos actions qui a eu lieu aujourd'hui s'est faite dans un moment défavorable, la bourse ayant été en baisse pour tous les autres fonds. On a fait quelques affaires à 25, 27½ et 30 f. de prime, mais comme nous avons acheté au lieu de vendre, ces prix ne signifient pas grand'chose et l'apparition de l'affaire rivale de MM. Knörr, Fould & Co., sous le patronage de la Société générale*) et appuyée par des articles de journaux dont ces Messieurs ne seraient pas sobres, pourrait faire du tort à notre affaire."

Das Geschäft, von dem die Rede war, findet sich im gleichen Schreiben wie folgt skizzirt:

„M. Knörr a apporté un traité signé par le Conseil d'Administration du chemin du Nord, par lequel ce chemin se fusionne dans la nouvelle Compagnie à former pour la construction du tronçon de Baden à Aarau et autres prolongements et embranchements qu'on pourra juger utiles ultérieurement.

„La nouvelle Compagnie se dit sûre des concessions du canton d'Argovie et du refus que votre Compagnie éprouverait pour son passage sur le territoire argovien."

. . . .

---

*) Crédit Mobilier.

In Wirklichkeit handelte es sich um die Erstellung der Bötzbergbahn. Es gelang zwar das Project zum Scheitern zu bringen, indessen hatte der Credit der Gesellschaft durch andere Umstände gelitten.

Es liefen nämlich in Paris täglich grosse Verkaufsaufträge für Actien für schweizerische Rechnung ein und überdies suchten die Gegner des Unternehmens dasselbe durch ungünstig lautende Privatmittheilungen zu schädigen. Es schien, als ob die Gegner, nachdem sie in der Schweiz selbst geschlagen worden waren, den Kampf ins Ausland verlegen wollten, um die Finanzquellen, die sich der Gesellschaft geöffnet hatten, zu verstopfen.

Für diese Annahme dürfte neben andern Belegen, folgender von Adolphe Marcuard von Paris Anfangs 1853 geschriebener Brief sprechen:

. . . .

„de tous côtés notre affaire est attaquée, et comme vous le dites, le moral commence à en être affecté. Vous m'avez envoyé la copie d'une lettre de Zurich et je vous en envoie à mon tour une de la même provenance; toutes deux font preuve de l'aveugle passion qui domine les Zuricois, mais ce qui vous surprendra d'avantage, c'est qu'il y a en ville des lettres écrites par des Bâlois, qui attaquent tout aussi vivement notre affaire et naturellement avec plus de succès, parcequ'on ne peut pas opposer aux Bâlois l'argument de rivalité et de jalousie qui nous sert à combattre les Zuricois."

. . . .

Auch das Entstehen zahlreicher anderer Gesellschaften im Osten und Westen der Schweiz, die Zersplitterung der Kräfte, wirkte ungünstig ein.

Ein Ende Januar 1853 in der „Allgemeinen Augsburger Zeitung" veröffentlichter Artikel, aus der Feder von Peyer im Hof von Schaffhausen gibt ein Bild der damaligen Lage und darf hier wiedergegeben werden.

Der Verfasser schreibt:

„BERN. Schweizerische Eisenbahnen. In dem Stadium, in welchem sich die schweizerische Eisenbahnfrage befindet, dürfte es nicht uninteressant sein, noch einmal auf die ersten Ausgangspunkte zurückzukommen. — Es will uns nämlich scheinen, als ob die schwindelnde Stimmung der Pariser Börse während den letzten Monaten des abgelaufenen Jahres einen bedauerlichen Rückschlag auf die grundsätzliche Auffassung des Eisenbahnwesens geübt und als ob sich statt einer klaren bewussten Anschauung über das Verhältniss unseres Verkehrs zu dem neuen Verkehrsmittel eine arge Verwirrung und Anarchie nicht nur des Volkes, sondern auch mancher seiner Führer bemächtigt hätte. Je mehr Eisenbahnen, je lieber; unbedingte, ja wir möchten sagen, masslose Concurrenz; — das ist heute das Losungswort geworden und man hat in der eingetretenen Sturm- und Drangperiode die Warnung Stephensons, die er mit allem Nachdruck an die Spitze seines Berichtes stellte, ja man hat alle in allen Staaten der alten und neuen Welt gemachten Erfahrungen bei Seite gesetzt, indem man überdiess, um uns der Worte Stephensons zu bedienen — in den fatalsten und augenscheinlichsten Irrthum, dass die kürzeste Linie zwischen zwei Punkten auch die beste sei, verfiel, und dann, da man doch die Interessen der seitwärts liegenden Gegenden nicht negiren konnte, den weitern Satz proklamirte, gewisse Theile der Schweiz bedürften vermöge ihrer Verkehrsverhältnisse einer Weltbahnverbindung und einer Lokalbahnverbindung.

Entgegen dieser Anschauungsweise gehen wir von der durch die Erfahrung erhärteten Ansicht aus, es erfordere der Bau und Betrieb von Eisenbahnen so grosse finanzielle Kräfte, dass es der Concentration und nicht der Zersplitterung der Verkehrsadern eines Landes bedürfe, um jenem für Bau, Betrieb und Unterhalt erforderlichen Kraftaufwand in der Frequenz einer Bahnunternehmung das entsprechende Gegengewicht zu geben. Wenn wir nun auch unbedingt dafür halten, dass die Schweiz mit ihrer dichten, beweglichen und wohlhabenden Bevölkerung an sich und ganz abgesehen von dem ausserordentlich starken Fremdenzuge eine sehr schöne Grundlage für Eisenbahnunternehmungen darbietet, so darf gewiss die soeben aufgestellte Regel nicht übersehen werden, und es ist Ueberschätzung oder Unkenntniss unserer Verhältnisse, wenn wir von europäischen Verkehrsstrassen und von Lokalbahnen sprechen, und Concurrenzlinien links und Concurrenzlinien rechts mittelbar oder unmittelbar begünstigen, statt alle unsere Verkehrselemente auf ein den Interessen eines möglichst grossen Theils unserer Bevölkerung entsprechendes Eisenbahnnetz zu leiten.

Wenn je von einem schweizerischen, von einem nationalen Eisenbahnnetz gesprochen werden will, so erscheint uns eben die Forderung, dass durch dessen Combination die Bedürfnisse der grossen Mehrzahl der schweizerischen Bevölkerung befriedigt werden, als die erste und unerlässliche Bedingung, sowie wir hinwieder die Ausbildung eines solchen Netzes als die conditio sine qua non der gedeihlichen Entwickelung des

Eisenbahnwesens an sich betrachten, währenddem jenes Treiben und Jagen nach Kreuz- und Querbahnen und Concurrenz aller Art gewiss der beste Weg ist, um die Zukunft unseres Eisenbahnwesens speciell und unserer wirthschaftlichen und öconomischen Verhältnisse im Besondern aufs Bedenklichste zu kompromittiren.

Auf diesen Standpunkt muss das Eisenbahnwesen in der Schweiz zurückgeführt werden.

. . . .

In gleichem Sinne schrieb Adolphe Marcuard am 28. Januar von Paris aus:

PARIS, $\frac{\text{28 Janvier}}{\text{1 Février}}$ 1853.

. . . .

„C'est avec une profonde peine que j'ai vu le peu de chances de succès qu'avait jusqu'à présent notre projet de fusion et de conciliation générale. Personne ne conteste l'avantage de la fusion, mais personne ne veut céder son individualité et changer son plan pour adopter les vues d'ensemble qui seules peuvent conduire à une entente générale. Mr. E.-B., avec lequel nous avons eu plusieurs conversations, est très convaincu que la fusion est ce qu'il y a de meilleur pour tous les intérêts, mais à condition qu'on adopte le tracé du Bötzberg, parce que, dit-il, le passage du Hauenstein est impossible, ou coûtera des sommes immenses. Nous avons beau lui répondre que s'il est impossible, il ne se fera pas, et que s'il doit trop coûter, de manière à devenir une mauvaise affaire, personne ne s'entêtera à l'exécuter quand même, et que toutes ces questions seront débattues et mûrement examinées à l'aide des hommes les plus compétents que nous amènerons, s'il le faut, de tous les points de l'Europe et au jugement desquels on pourra de part et d'autre se soumettre; tout cela ne le fait pas changer de langage et malheureusement nous voyons, qu'au lieu de s'arrêter en présence de ces difficultés et d'en chercher la solution avec bonne foi dans l'intérêt général, on redouble en Suisse de précipitation, donne des concessions, forme des compagnies, ouvre des souscriptions et prend des engagements a tort et à travers, toujours en protestant de son désir de s'entendre plus tard. Mais plus tard l'entente sera bien plus difficile, si ce n'est impossible, et je suis étonné de ne voir dans aucun journal suisse quelque bon article, bien raisonné, qui éclaire le public. Il est clair comme le jour, que tous ces hommes qui défendent à outrance un système d'isolement et de morcellement d'une grande artère de circulation, comme le serait le chemin de Genève au lac de Constance, n'ont aucune expérience dans cette matière et qu'un jour, la lumière se faisant, ils regretteront leur obstination. C'est pourquoi je déplore de toutes mes forces chaque pas qui se fait en dehors des vues d'ensemble et si vous me permettiez à ce sujet une observation sur l'ordre du jour que votre Conseil d'administration vient de fixer pour sa séance du 4 Février, je l'engagerais bien à ne pas pourvoir aux vacances qui existent dans son sein, puisque ce sera autant de positions prises qui deviendront une gêne en cas de fusion. De même la nomination de M. Etzel comme ingénieur en chef pourra être fâcheuse, car si toutes les Compagnies nomment des ingénieurs en chef aucun ne voudra céder une parcelle de son autorité et puisque la Compagnie du Central se met à la tête des fusionnistes, elle devrait donner l'exemple dans toutes ces mesures d'avenir, afin de ne pas se créer à elle-même et à la fusion des embarras futurs."

. . . .

Es ist begreiflich, dass unter diesen Verhältnissen an eine Besserung des Curses der Actien um so weniger zu denken war, als sich die Lage der Pariser Börse seit Ende 1852 überhaupt verschlimmert hatte, denn auf die Ausschreitungen der Vorjahre war die Reaction gefolgt.

Ein Schreiben aus Paris, d. d. 4. Februar 1853, äussert sich wie folgt über die Lage:

„Pour le moment il n'y a absolument rien à faire à notre bourse faute d'acheteurs et il ne pourra y avoir de reprise sur nos actions que si la position des affaires change complètement et que la spéculation à la hausse reprenne le dessus. Dans ce cas probablement toutes les actions participeraient un peu au mouvement, cependant il ne faut pas se dissimuler que les nôtres ont reçu un échec irréparable de la précipitation avec laquelle les souscripteurs suisses sont venus les jeter sur notre marché.

. . . .

„Il est naturel qu'en voyant les Suisses se débarrasser ainsi de leurs actions, le crédit de notre Compagnie en ait souffert et aujourd'hui on classe cette affaire parmi les mauvaises.

Raison de plus pour pousser à la fusion et remplacer les actions discréditées par des titres d'une nouvelle Compagnie ayant pour objet une grande et belle affaire."

. . . .

Diese Combination, durch welche an Stelle der discreditirten Centralbahn-Actien solche eines neues Unternehmens dem Publicum sollten angeboten werden, war die Fusion und zwar die Fusion mit der Westbahn.

Die Westbahn-Gesellschaft, welche damals nur die Concession für die kleine Strecke Morges-Yverdon besass, sich jedoch auch um diejenige einer Linie Yverdon-Estavayer-Payerne-Murten-Laupen (Bern) bewarb, und deren finanzielle Verhältnisse ebenfalls schwierig waren, musste trachten durch Verbesserung ihrer Lage sich in den Stand zu setzen, ihr Programm durchzuführen. Der Verwaltungsrath der Westbahn enthielt ein starkes Element Ausländer, namentlich englische Banquiers. Es bestand sogar ein Comité desselben in London.

Auf Anregung der Pariser Banquiers fanden nun Anfangs Februar 1853 in Paris zwischen Vertretern der Centralbahn und solchen der Westbahn Verhandlungen statt, die zu Punctationen im Sinne der Fusion der beiden Gesellschaften führten und den beidseitigen Verwaltungsräthen sollten vorgelegt werden.

Während in Paris und London die Fusion befürwortet und in Genf im Princip angenommen wurde, stiess sie beim Verwaltungsrath der Centralbahn unerwartet auf grosse Schwierigkeiten.

Bei diesem erregte neben der finanziellen Frage die Frage des Sitzes der neuen Gesellschaft lebhafte Bedenken. Die Punctationen hatten nämlich als natürlichen und den Verhältnissen entsprechenden Sitz der neuen Gesellschaft Bern bezeichnet und Genf hatte diese Bezeichnung angenommen, während die Centralbahn sie durchaus zurückwies und an Basel unter allen Umständen festzuhalten erklärte. Von Paris aus wurde alles gethan, um die Centralbahn zum Aufgeben ihres Widerstandes zu bewegen. Der Standpunkt, den die Pariser Banquiers damals und — es darf gesagt werden — seitdem immer eingenommen haben, ist in folgendem höchst characteristischen Schreiben von Adolphe Marcuard dargelegt:

PARIS, 8 Avril 1853.

. . . .
Vous demandez en outre que de Paris on pèse sur la Compagnie de l'Ouest pour qu'elle abandonne les bases de la fusion qui avaient été discutées et acceptées dans les conférences de Février et vous nous reprochez, à nous Parisiens, de ne pas vous avoir suffisamment soutenu alors dans les prétentions que vous défendiez. Il est très-vrai, et nous n'en disconvenons pas, qu'en voyant les prétentions opposées des

deux Compagnies, nous avons cherché à nous poser autant que possible en médiateurs et qu'en sauvegardant la prépondérance de la Compagnie du Central sur celle de l'Ouest, nous pensions avoir obtenu l'essentiel et pouvoir vous presser de céder sur des questions de détail. Nous agissions en gens d'affaires et en vue de ce que nous considérions comme le plus grand avantage de l'affaire qui nous occupait et il est certain que si vous vous placiez à un autre point de vue, celui d'une œuvre d'utilité publique, entreprise dans un intérêt de localité ou de patriotisme, comme vous me l'expliquez, nous ne devions plus nous trouver d'accord. Nous comprenons, à ce point de vue, que vous ne vouliez pas consentir à éloigner le siège de la société de Bâle et que vous cherchiez à conserver dans le conseil une majorité qui équivaudrait à une absorption complète de la Compagnie de l'Ouest, mais permettez-nous alors, Monsieur, de vous dire, que vous avez eu tort de faire appel à des capitaux étrangers qui n'avaient aucun motif pour concourir avec vous à une entreprise d'utilité publique et qui doivent se sentir lésés si, dans notre Conseil et dans la gestion de notre affaire, vous êtes guidés par d'autres considérations que celles qui ont en vue l'intérêt seul et le plus grand avantage des capitaux engagés dans l'affaire. Selon nous cet intérêt doit dominer tout autre mobile et nous aurions à regretter de ne nous être pas suffisamment expliqués avec vous à cet égard lorsque nous avons accepté vos propositions, mais vraiment il ne pouvait pas nous venir à l'idée qu'il pût en être autrement, du moment où vous demandiez pour votre œuvre le concours d'étrangers. Ainsi, pour nous, la question du siège de la Société est nécessairement secondaire et nous serions naturellement disposés à en faire bon marché, si le maintien de ce siège à Bâle devait être un empêchement à la conclusion d'un traité de fusion.

. . . .

Il est d'autant plus important de relever ou du moins de maintenir le cours de nos actions, que vous prévoyez déjà le moment de faire un second appel de fonds. Si la cote de Londres de 450 fcs. venait à être connue ici et que la panique nous fit descendre à ce prix ou peut-être même plus bas, vous comprendrez facilement qu'un appel de fonds arrivant dans un pareil moment achèverait d'écraser les cours et compromettrait inévitablement le versement de ce second appel. C'est pourquoi nous ne saurions trop vous recommander de ménager le plus possible votre argent, de ne dépenser que le plus strict nécessaire et de retarder le plus que vous pourrez votre appel. Sans aucun doute ce serait une excellente mesure à prendre que d'imprimer partout une grande vigueur à vos travaux si vous aviez en caisse de quoi les payer, mais cela n'étant pas le cas et la certitude d'avoir de l'argent au moyen d'un second versement n'étant pas complète, vous serez d'accord avec moi qu'il vaut encore mieux ralentir les travaux que de s'exposer à ne pouvoir les payer. Emprunter dans ce moment, vu le discrédit des actions et l'incertitude du versement, me semblerait difficile si non impossible. Nous ne comprenons pas comment vous pouvez arriver à dépenser les fcs. 7,000,000 du premier versement dans un temps aussi court et vous m'obligeriez en me donnant un aperçu de vos prévisions. Je sais que vos concessions vous obligent à commencer les travaux dans un certain délai sur plusieurs points, mais d'une part ces délais ne sont pas encore près d'expirer et d'autre part l'expression commencer les travaux vous laisse une grande latitude et nous savons qu'on peut gagner beaucoup de temps au moyen des questions de tracés à débattre et jusqu'à la solution desquelles les travaux doivent nécessairement rester en suspens. Vous ne me dites pas quelle somme vous voudriez appeler, mais vous serez probablement d'accord avec moi, s'il y a doute de paiement, de la réduire le plus possible; pour le chemin de Strasbourg nous avions réduit nos versements à 25 fcs. et nous nous en sommes très-bien trouvés.

. . . .

L'heure s'avance et je n'ai plus le temps que de toucher rapidement aux autres points de vos lettres, savoir:

. . . .

Uniformité du matériel roulant des Chemins suisses: Je suis heureux de voir que vous vous soyez mis en contact avec les autres Compagnies pour cette importante question. Vous savez peut-être que j'avais correspondu avec M. Coindet pour cela et je pense que c'est sur ma pressante invitation que l'ingénieur de l'Ouest se sera adressé à vous pour cela. Cette question du matériel devient surtout très délicate quand on a des entrepreneurs à forfait qui ont intérêt à vous fournir ce qu'il y a de meilleur marché, tandis que c'est ce qu'il y a de plus cher qu'il faudrait prendre. Si vous en veniez à faire des traités de ce genre je désirerais fort que vous pussiez nous les communiquer, car, permettez-moi de le dire encore une fois, nous avons acquis ici depuis douze ans que nous nous occupons de ces questions, une expérience que vous ne pouvez avoir en Suisse et dont il me semble qu'il faut tirer parti. C'est sous le rapport de l'établissement des chemins de fer et surtout de leur exploitation que, dans mes précédentes lettres et à l'occasion de l'avantage des fusions, je m'étais permis de mettre en doute les connaissances et l'expérience de vos Conseils d'administration, car je sais fort bien qu'au point de vue financier on trouvera à Bâle autant de capacités que n'importe où.

L'exemple que vous me citez, des 700 actions du chemin de Leipsic placées en 3 jours à Bâle, ne me semble pas détruire mon argument; puisque ce chemin est fait et achevé et que son exploitation a produit l'année dernière 8%, il n'y a pas de comparaison à établir entre lui et le nôtre.

. . . .

Nach schwierigen Unterhandlungen gelang es schliesslich dem Einfluss der englischen Mitglieder des Verwaltungsraths, die Westbahn zu bestimmen, Basel als den Sitz der neuen Gesellschaft anzunehmen, unter dem Vorbehalt, dass die Direction der neuen Gesellschaft durch eine Delegation in Lausanne sollte vertreten sein.

Die Erledigung der Sitzfrage in dem der Centralbahn günstigen Sinne war im Mai erfolgt, man hielt in Paris die Sache der Fusion für gewonnen.

Im Juni fanden dann in Lausanne Conferenzen statt zur Abfassung eines definitiven Vertrags, der auch zwischen den beidseitigen Delegirten, unter Ratificationsvorbehalt der Verwaltungsbehörden, zu Stande kam.

Am 4. Juli 1853 sollte der Verwaltungsrath der Centralbahn die Ratification aussprechen; sie erfolgte jedoch nicht, sondern der Vertrag wurde mit einer Anzahl Postulaten an das Directorium zurückgewiesen.

Drei Puncte hatten zu Bedenken Anlass gegeben: 1. Die der Westbahn bereits ertheilte Concession des Kantons Waadt, welche durch die fusionirte Gesellschaft hätte übernommen werden müssen und gewisse ungünstige Bestimmungen enthielt; 2. Oneröse Clauseln der Verträge mit englischen Unternehmern und 3. die Ergänzung des Capitals.

Dasselbe war nämlich auf 80 Millionen festgesetzt, wovon 60 Millionen in Actien und 20 Millionen in Obligationen.

Die Centralbahn, deren Capital bekanntlich 36 Millionen betrug und sonach dem ihr obliegenden Antheil entsprach, glaubte, dass die Fusion erst erfolgen solle, wenn die Westbahn ihr Capital von nur 8 Millionen auf die vorgesehenen 24 Millionen gebracht habe, während die Westbahn daran festhielt, die Beschaffung der erforderlichen 16 Millionen sei Sache der neuen Gesellschaft und desshalb die Fusion sofort durchführen wollte.

In Genf betrachtete man die von der Centralbahn aufgeworfenen Schwierigkeiten als „fin de non recevoir" und so scheiterte die Fusion definitiv.

Ich habe den Eindruck, dass, wenn im Verwaltungsrath der Centralbahn der Wille und hauptsächlich der Muth bestanden hätte, die Fusion zu vollziehen, man über diese Schwierigkeiten hinweggekommen wäre.

Allein Wille und Muth fehlten bei der Majorität des Verwaltungsrathes und des Directoriums; der Wille, weil eben durch die Fusion mit der Zeit einzelne persönliche Stellungen durch eine Reduction wären gefährdet worden; der Muth, weil es vermessen erscheinen mochte, im gleichen Moment, in welchem die Centralbahn sich fragen musste, ob sie auf die für Durchführung ihres Programmes erforderlichen Mittel werde zählen können, diese mit einer Gesellschaft zu fusioniren, welche ein nominelles Capital von 8 Millionen und ein einbezahltes von nur Fr. 1,600,000 besass, und Bauverpflichtungen für weitere 36 Millionen einzugehen.

Diese Bedenken überwogen und so liess die Centralbahn die Gelegenheit vorbeigehen, Basel den Sitz einer grossen Eisenbahngesellschaft vom Rhein bis zum Genfersee zu verschaffen. Die Verhältnisse lagen damals in der Fusionsfrage für Basel viel günstiger als im Jahr 1857, wo diese Frage zum zweiten Male in grösserem Umfange (S. C. B., N. O. B. und Ouest) zur Sprache kam.

Das Misslingen der Fusion hatte, wie vorauszusehen war, auf den Curs der Actien einen ungünstigen Einfluss, umsomehr als sich die allgemeinen Verhältnisse im Laufe der Unterhandlungen noch mehr verschlimmert hatten und zu den Befürchtungen einer Missernte in Frankreich sich die Wahrscheinlichkeit des Ausbruchs des orientalischen Kriegs gesellte.

Was insbesondere die Lage der Centralbahn betrifft, so führe ich an, dass im Aargau während der ersten sechs Monate der Kampf um die Concessionen fortdauerte und dass die Aussichten für eine günstige Lösung sich eher vermindert hatten, seitdem, an Stelle der Zürcher Nordbahn in Folge Fusion die Nordostbahn getreten war.

Mit Luzern mussten Unterhandlungen gepflogen werden wegen Wahl des Tracé über Sursee statt über Wohlhausen. Trotz starker Opposition im Grossen Rathe führten sie zum Ziele.

Bezüglich des Gotthard, dessen schon im vorigen Abschnitt Erwähnung gethan worden ist, standen die Aussichten schlecht; hatten doch das Parlament von Piemont und die Handelskammer von Genua, welchen damals als Ziel für eine Alpenbahn der Bodensee und nicht Basel vorschwebte, bereits eine Subvention von 10 Millionen Lire zu Gunsten des Lukmaniers votirt. Erst auf das Drängen des Vertreters der Centralbahn besammelte Luzern Delegirte der an der Durchführung einer Eisenbahn durch den Gotthard interessirten Kantone und der Centralbahngesellschaft.

Die erste Gotthardconferenz fand am 19. August 1853 statt und sie übertrug der Regierung von Luzern die Aufgabe, die Vorzüge des Gotthards gegenüber dem Lukmanier hervorzuheben, was sie denn auch in einem an den Bundesrath gerichteten **Memorial** that.

Zugleich mit diesen Schritten wurden auch in London Einleitungen getroffen zur Bildung einer Gesellschaft für Durchführung einer Gotthardbahn. Der Orientkrieg und die Krisis, die über die Centralbahn selbst hineinbrach, hatten selbstverständlich die zeitweilige Sistirung dieser Bestrebungen zur Folge.

Neben diesen mehr eisenbahnpolitischen Vorgängen, welche sich in der ersten Hälfte und im Sommer 1853 abspielten, fielen in das gleiche Jahr die technischen Vorarbeiten.

Die erste und wichtigste Arbeit in dieser Richtung war die Aufstellung eines detaillirten Voranschlags. Derselbe war im Herbst 1853 vollendet. Er ergab die Richtigkeit des ursprünglichen Devises vom September 1852 und leistete den Nachweis, dass die Anlagekosten sich innerhalb der für das Actien- und Obligationencapital vorgesehenen Summe hielten.

Dieses Resultat war geeignet, den Verwaltungsrath zu befriedigen, allein ein früher schon aufgestelltes Finanzprogramm hatte, namentlich in Paris, gewichtigere Bedenken geweckt.

„J'ai lu avec intérêt le nouveau rapport de M. Etzel," schrieb Herr Adolphe Marcuard, „et j'en accepte volontiers les conclusions quoiqu'elles me paraissent avoir été amenées par des évaluations assez vagues auxquelles il ne faudrait peut-être pas attacher une trop grande valeur"

und fuhr dann fort:

„Mais il y a un autre fait grave qui ressort de ce rapport, c'est que M. Etzel pense avoir besoin de 22 millions d'ici à la fin de 1854. Vous allez donc prochainement être dans le cas de faire des appels de fonds et j'ai bien peur que, si vous en veniez là avant que par un évènement heureux le crédit de nos actions se fut relevé les versements ne se fassent fort mal. Je sais bien que ceux qui ne verseraient pas se verraient exposés à perdre les premiers 100 fcs. payés, mais vous en verriez beaucoup qui préféreraient se résigner à ce sacrifice, plutôt que d'exposer de nouvelles sommes sur des actions discréditées.

La confiscation même du premier versement augmenterait le discrédit et ne donnerait pas de nouvel argent à la Compagnie. Aussi je ne saurais trop vous recommander de retarder le plus qu'il vous sera possible un second appel de fonds et d'ajourner par cette raison tous les travaux et commandes qui pourront s'ajourner. Il suffirait pour le moral de l'affaire qu'on commençât le tunnel du Hauenstein, surtout si on pouvait le traiter avec un bon entrepreneur de manière à fermer la bouche à tous ces criards qui s'emparent de ce tunnel pour traiter notre entreprise d'absurde ou de ruineuse.

Encore une fois, point de nouvel appel de fonds jusqu'à ce que les circonstances soient plus favorables."

. . . .

Die Inangriffnahme der Arbeiten erfolgte erst im Herbst, etwas später als man gerechnet hatte. Allein die Verwaltung bemerkte mit Recht, dass die auf die Vorarbeiten und die Organisation verwendete Zeit nicht verloren sei, sondern dass umsichtige Massnahmen dafür bürgen, dass der Fortschritt der Bauten ein ungehinderter, die Einheitlichkeit und Oeconomie derselben fördernder sei.

Uebrigens wurde mit den Vergebungen zurückgehalten, indem man sich vorläufig auf die Ausführung der Strecke Basel-Sissach beschränkte. Man zog eben damals schon in Betracht, dass Störungen finanzieller Natur eintreten und den Fortschritt des Baues hindern könnten.

Nur für ein Werk wurde von dieser Zurückhaltung abgegangen, nämlich für den Hauensteintunnel; denn es musste der Kritik, die immer noch an der Möglichkeit der Ausführung zweifeln wollte und behauptete, dass der Tunnel jedenfalls das vier- bis fünffache des Voranschlags verschlingen werde, ein Ende gemacht werden. Es war deshalb geradezu eine Lebensfrage für die Centralbahn, in dieser Beziehung gesichert zu sein, und hauptsächlich von den Interessenten in England und Paris wurde fortwährend auf das Directorium eingewirkt, den Tunnel in Accord zu vergeben.

So schrieb Zwilchenbart schon am 14. Februar 1853:

. . . .
„Je viens de recevoir une lettre de mon ami Sch... qui me parle en vainqueur que leur ligne se fera avec économie et succès et qu'ils sont bien disposés à vous joindre par le Bötzberg, mais jamais par le Hauenstein, qu'ils regardent comme la ruine de votre ligne que vous serez forcés d'abandonner, dit-il, tôt ou tard.

De semblables bruits mis en circulation, car M. Sch... ne les adressera pas seulement à moi, font mauvaise impression; je ne les répandrai pas et ne vous les communique que pour que vous puissiez vous en servir utilement.

Je n'ai aucun conseil à vous donner, mon intérêt seulement vous recommande la prudence."

. . . .

LIVERPOOL, 15 février 1853.

„Je vous ai dit hier que M. Sch... m'a répété les paroles de . . . . . à l'égard du Hauenstein et qu'ils ne veulent pas vous écouter autrement que par le Bötzberg.

Il me semble que leur opinion peut porter préjudice à vos emprunts, et pour vous mettre à l'abri de tout reproche il me semble que vous devriez faire un contrat pour le Hauenstein contre une bonne garantie."

. . . .

LIVERPOOL, 18 février 1853.

. . . .
„Il me semble que vous devriez faire imprimer l'opinion de Stephenson et de Etzel et vous verrez s'il est nécessaire ou si vous pouvez vous procurer celle de Negretti aussi, car il ne faut pas regarder à quelques frais, le langage de Zurich est tel qu'il décourage tout porteur d'action, vous risquez de ne pas recevoir votre second „call", et enfin vous vous feriez trop de tort à vous-même, si après tout Zürich devait avoir raison, mais de faire l'ouvrage leur fermerait le mieux la bouche.

Je vous avoue que j'en suis un peu affecté, et j'attends votre réponse avec anxiété, car mes principes sont très-droits et je ne voudrais pas retenir un secret de ceux qui s'y sont intéressés sur ma recommandation; il me semble aussi que les Zuricois sont plus unis que les Bâlois."
. . . .

LIVERPOOL, 21 février 1853.

. . . .
„Je vous répète de me dire quelque chose de positif sur le Hauenstein et si une vérification des travaux ne devient pas nécessaire, car une erreur deviendrait doublement fautive à la suite de la critique de Zurich."
. . . .

LIVERPOOL, 19 avril 1853.

„Je suis favorisé de votre lettre du 15, et, fidèle à ma promesse de ne plus revenir sur le passé, je remarque avec peine l'opposition prolongée des Zûricois et leur dépréciation du Hauenstein; en cela, si on ne veut pas l'appeler méchanceté, il y a le calcul caché de leur part de couper le transit d'Aarau et de St. Gall, et il me semble que cette question a pour la ville de Bâle un intérêt encore plus élevé que celui du chemin de fer. Enfin je trouve que la ville et le canton de Bâle ne devraient point s'endormir sur un point aussi important, car la providence leur a donné la position de l'entrée en Suisse que les Zuricois veulent leur enlever pour en donner les avantages aux Allemands, et si j'étais roi absolu de la ville et canton de Bâle, sans faire voir ma colère, je donnerais un décret que toutes les dépenses du tunnel du Hauenstein, au-delà de l'évaluation du prospectus, seront supportées par le gouvernement.

Ce . . . . est si déterminé dans ses arguments, dans lesquels je crois que Negretti a quelque chose à dire, qu'il me fait presque peur aussi et ce tunnel est si important pour Bâle, que je dépenserais le dernier denier à sa construction avant de commencer ailleurs et je trouve l'idée bonne que la ville devrait venir protéger le chemin de fer si c'est possible, ce serait grand, beau et ferait de l'effet sans rien lui coûter en toute probabilité."

Durch Zwilchenbarts Vermittlung fanden auch die ersten Unterhandlungen mit dem grossen Unternehmer Brassey statt, welchem, nachdem im September 1853 die Ausschreibung erfolgt war, von 7 Bewerbern der Tunnel zu einer Accordsumme von $4^{1}/_{4}$ Millionen Franken, also $^{3}/_{4}$ Millionen unter dem Voranschlag zugeschlagen wurde.

Die betreffenden Briefe lauten:

LIVERPOOL, 4 Octobre 1853.

"J'ai écrit à M. Brassey la lettre dont copie sous pli.
Vu la division dans votre Comité et que ma médiation dans cette affaire est purement officieuse, sauf nouvelle application de M. Brassey, je préfère maintenant me retirer de la scène tant que mon intérêt propre me le permettra.

signé Zwilchenbart.

Schreiben von Zwilchenbart an Brassey:

I am this day advised by Mr. * * * that the question of contract for the above line has been brought before the board and strongly opposed by their engineer*), but still Mr. * * * is of opinion that if within the next three weeks you would submit your tender there is every probability of its being sustained.

I shall with pleasure remain at your disposal for any further assistance in my power, but I think that indirect negociations now would cause delay and inconvenience.

. . . .

Trotz den befriedigenden Resultaten hinsichtlich der definitiven Kostenberechnung und der Vergebung des Hauensteintunnels und trotz den günstigen Aussichten für die zukünftige Rendite, zu welchen die Verkehrsentwicklung auf den Eisenbahnen der Nach-

---

*) Etzel empfahl nämlich den Bau in Regie auszuführen.

barstaaten einen zuverlässigen Anhaltspunkt gab, sank der Curs der Centralbahnactien fortwährend. Der Titel war damals geradezu unverkäuflich, da neben den allgemeinen Verhältnissen die Aussicht auf die im Jahr 1854 zu leistende zweite Einzahlung auf die Actien drückte.

Unter diesen düstern Verhältnissen schloss das Jahr 1853, im vollsten Gegensatz zu dem 12 Monate vorher bestandenen Optimismus. Alle Argumente, die zu Gunsten des Unternehmens vorgebracht wurden, blieben ohne irgend welchen Eindruck.

Ich führe noch an, dass am 29. September 1853 unter dem Präsidium von Rathsherr Geigy die erste Generalversammlung stattfand.

Der den Actionären vorgetragene Bericht begann mit folgenden allgemeinen Betrachtungen:

„Es ist ein volles Jahr verflossen, seitdem an dieser Stelle eine zahlreiche Versammlung von angesehenen Männern aus verschiedenen Kantonen das Project der Centralbahn durch einstimmigen Beschluss wieder aufgenommen hat. Damals erhielt ich, bei meiner Abwesenheit, den ehrenvollen Ruf, dem provisorischen Verwaltungsrathe, sowie dem Ausschusse vorzustehen, und durch fernere Uebernahme dieser Stelle bei der definitiven Constituirung des Verwaltungsrathes, habe ich auch jetzt die Ehre die erste statutengemässe Generalversammlung der Centralbahngesellschaft zu eröffnen und zu leiten.

Wenn ich, ungeachtet der schweren Verantwortlichkeit dieser Stelle, und ungeachtet meiner Amts- und Berufsgeschäfte, den an mich gestellten Anforderungen bis zum heutigen Tage gefolgt bin, so hatte ich eben weniger meine Kräfte als die Gemeinnützigkeit des schweizerischen Unternehmens und meine warme Theilnahme an demselben zu Rathe gezogen. — Ich bitte daher um Ihre Nachsicht.

Bei dem Eingehen in die nähern Verhältnisse unseres Unternehmens drängt sich von selbst die Erinnerung auf an die ersten Anfänge desselben in den Jahren 1845 und 1846, an jene Zeit des Erstaunens, des Zweifels und Tadels, an die vielen und mannigfaltigen Voruntersuchungen, und an die langwierigen, vergeblichen Unterhandlungen verschiedener Art. — Und in Ihrem Sinne, Tit., glaube ich zu reden, wenn ich den Urhebern und ersten Freunden des Centralbahnprojects und namentlich auch den Mitgliedern des frühern Verwaltungsrathes, welche nicht in dem gegenwärtigen mitwirken, den warmen Dank abstatte.

Wie anders ist es jetzt? Die frühere Gleichgültigkeit und Abneigung gegen Eisenbahnen überhaupt hat einer vollen Anerkennung Platz gemacht, die Bedenken und Einwürfe gegen die Ausführung einer Hauensteinbahn insbesondere sind verstummt, und nur eine Stimme ist herrschend: der Wunsch, dass die Verwirklichung des Jura-Durchbruchs und die unmittelbare Schienenverbindung zwischen Basel, Solothurn, Bern, Luzern, Aarau und Zürich möglichst bald ins Leben trete.

Mit diesem Wunsche haben auch die Männer, denen seit einem Jahre die Geschäftsführung anvertraut ist, die Aufgabe übernommen und zu erfüllen gesucht.

Ist doch der hohe Werth der Zeit und der Beschleunigung ebensowohl durch das rasche Vorwärtsschreiten des Auslandes, als durch die vielen verwirrenden Concurrenzprojecte in unserm Vaterlande eindringlich verkündet worden."

Ueber die Capitalbeschaffung bemerkte der Bericht:

"Für die Beschaffung des für unsere Bahn erforderlichen Capitals von 48 Millionen Franken galt es den rechten Zeitpunkt zu finden. Unsere Augen waren hiefür namentlich auf den ausländischen Geldmarkt gerichtet, denn abweichend von einem Grundsatze, der anderswo gepriesen wurde, haben wir die Ueberzeugung, dass eine Actien-Emission, die sich nur auf die Schweiz oder auch gar nur auf einen kleinen Theil derselben beschränkt, wenn nicht sehr gewagt, doch immer sehr nachtheilig ist, indem sie der einheimischen Industrie ein zu grosses Kapital entzieht, worauf ich auch bereits in meinem Expertenbericht vom Jahr 1850 hingedeutet habe.

Verbindungen, die wir in Paris angeknüpft hatten, brachten auch das ganze Geschäft schnell zum Abschluss, so dass kurz nach der Eröffnung der Subscription für die Actienemission von 36 Millionen, über 98,000 Actien von Fr. 500. — theils von Banquierhäusern des In- und Auslandes fest übernommen, theils sonst unterzeichnet waren, also 26,000 mehr als erforderlich; hiebei fiel die grössere Hälfte auf die Schweiz selbst.

Eben so günstig war auch das Ergebniss der Einzahlung, dieselbe erfolgte mit 20% oder Fr. 100 für die Actie ohne irgend welchen Rückstand.

In Folge des eingeschlagenen Verfahrens erhielt der Verwaltungsrath einige Mitglieder, die nicht in der **Schweiz** wohnen, aber bis an ein einziges der Schweiz angehören. — Wenn diese Thatsache nun die Veranlassung geworden, dass man sich bei einer ähnlichen Gelegenheit rühmte: "die massgebenden Weisungen für die Leitung einer für die Zukunft unseres Vaterlandes hochwichtigen Unternehmung nicht auf auswärtigen Eisenbahncongressen holen zu müssen," so dürfen wir den Grund dieser Selbstbefriedigung auf sich beruhen lassen; gerne aber wollen wir öffentlich aussprechen, dass wir es als wohlthätig ansehen müssen, für die in der Schweiz noch neuen Eisenbahnunternehmungen den Rath erfahrener Männer des Auslandes benützen zu können."

und endlich über die Rentabilitätsverhältnisse liess er sich wie folgt aus:

„Zum Schlusse erlaube ich mir noch, Tit., ein Wort über das Unternehmen im Allgemeinen.

Das tiefere Eindringen in dasselbe und die ganze Entwicklung um uns herum haben die Ueberzeugung, die mich schon vor acht Jahren damit verbunden hatte, aufs stärkste befestigt.

Die Centralbahn ist ein für die Beförderung des Wohlstandes unseres theuern Vaterlandes hochwichtiges, ja nothwendiges Unternehmen.

Wenn der Satz richtig ist, dass der Wohlstand nicht allein durch die Vermehrung der Erzeugnisse, sondern hauptsächlich durch den erleichterten Absatz derselben und durch vortheilhaften Tauschhandel erhöht wird, so müssen vom Standpunkte des Gemeinwesens aus, die auf die Eisenbahnen verwendeten Summen, unter die unvermeidlichsten und nutzbringendsten Ausgaben gerechnet werden.

Und welche Linie könnte wohl für die ganze Schweiz eine höhere Bedeutung haben, als diejenige der Centralbahn, welche an zwei grosse europäische Verkehrsadern sich anschliesst, und vom Haupteingangsthor der Schweiz die Bewegung nach drei Richtungen hin vermittelt!

Ich habe die Zuversicht, dass wenige Jahre des Eisenbahnbetriebs genügen werden, um, selbst weiter als die unmittelbare Berührung der Linie geht, eine Menge von neuen Verkehrs- und Erwerbsbeziehungen hervorzurufen.

Die Centralbahn ist ferner auch ein Unternehmen, das den Actienbesitzern einen genügenden Ertrag verspricht. Bei dieser Meinung weise ich gar nicht auf besondere Rentabilitätsrechnungen, die eben von einer so dehnbaren Natur sind, dass sie sich für jede Linie zu einer beliebigen Höhe ziehen lassen; — sondern ich stütze mich auf die unzweifelhaften Elemente des Eisenbahnverkehrs, an welchen die Schweiz die meisten Länder Europas übertrifft, auf den Wohlstand, auf die Betriebsamkeit und Beweglichkeit, auf die Freiheit des Handels und des Verkehrs, auf die Menge der fremden Reisenden, und überhaupt, auf die erstaunliche Grösse und augenfällige und stetige Zunahme des Waaren- und Personen-Transports.

Es sind nicht etwa nur oberflächliche, oder gar übertriebene Schätzungen, sondern bestimmte offizielle Zahlangaben, welche darthun, dass sich in wenigen Jahren die Post-Einnahmen der Schweiz und der Waarenverkehr in Basel, um die Hälfte vermehrt haben."

Der Bericht schloss mit den Worten:

„Möge also Eifer und unausgesetzte Thätigkeit, Umsicht und Sparsamkeit, die stete Richtschnur unserer Verwaltung sein, und so das Werk einer schnellen und glücklichen Ausführung entgegen gehen."

Wir gelangen nun an das Jahr 1854, das schwerste, welches die Centralbahn bis zu den Jahren 1876 und 1877 zu bestehen gehabt hat.

Schon Ende 1853 waren dem Verwaltungsrath von Paris aus Andeutungen gemacht worden, dass die Einforderung weiterer Einzahlungen auf die Actien Schwierigkeiten begegnen könnte.

Die dortigen Banquiers sprachen sowohl für sich als auch für ihre Clienten, welche Actien besassen, die Ueberzeugung aus, es werde schwierig, wenn nicht geradezu unmöglich sein, Angesichts der politischen Lage, des Orientkriegs, der Finanzkrisis und endlich der Entwerthung der Centralbahnactien, fernere Einzahlungen zu erhalten, da die Actionäre vorziehen würden, die ersten einbezahlten Fr. 100 zu verlieren als auf einen Titel der effectiv keine 10 Fr. mehr galt, noch Weiteres zu leisten.

Als Auskunftsmittel schlugen sie vor:

„Die Gesellschaft solle sich auf den Bau der Linie Basel-
„Sissach und des Tunnels beschränken, mit der Ausführung der
„übrigen Linien günstigere Zeiten abwarten und bei den betreffen-
„den Kantonen Fristerstreckungen verlangen und endlich den
„Actionären mit Fr. 150. — décharge zu geben, d. h. auf die
„Actien nur noch 50 Fr. einzufordern und sie alsdann liberirt
„erklären."

So lautete der Vorschlag, welcher gegen Ende 1853 gemacht worden war. Er kam dem Directorium allerdings nicht unerwartet, wurde aber energisch zurückgewiesen.

Der Standpunkt des Directoriums ist in folgendem Schreiben vom 26. November 1853 präcisirt:

BÂLE, 26 novembre 1853.

. . . .
„Nous avons tous été d'accord à déclarer inadmissible votre proposition de nous réduire définitivement à la ligne de Bâle-Olten, dans le but de pouvoir libérer les actions à 150 frs. Voici nos raisons:
1. La ligne de Bâle-Olten, coûtant de 13 à 14 millions dont $4^1/_4$ millions pour le tunnel, serait une affaire d'un mauvais rendement, d'un côté parce que le tunnel pèse trop proportionellement sur le capital de l'entreprise, et de l'autre parceque sans prolongement notre ligne n'aurait qu'un trafic purement local et presque pas de marchandises.
2. Olten appartient au canton de Soleure. Si nous n'exécutons pas en plein les engagements contractés envers ce canton, il nous retirera la concession tout entière et nous empêchera de sortir du tunnel. Cela peut paraître ridicule, mais ce sera certain.
3. Il n'y a qu'une éventualité dans laquelle on nous pardonnerait nos engagements; ce serait celle du cas bien constaté de force majeure, c'est-à-dire du refus de versement de la moitié ou des $^2/_3$ de nos actionnaires. Mais dans ce cas, fait-on observer, le premier versement sur ces actions qui reviendrait à la Compagnie, réduirait le coût de la ligne Bâle-Olten à 9 ou 10 millions, ce qui bonifierait considérablement l'entreprise.
Par toutes ces raisons le moment de déclarer notre incapacité d'aller plus loin qu'Olten ne sera arrivé qu'après un second appel de fonds qui resterait sans succès. Notre Conseil d'administration est composé en majorité de membres appartenant aux cantons au-delà du Hauenstein. Il est évident que ces membres ne donneront jamais leur consentement à une mesure si désastreuse pour eux, excepté dans le susdit cas de force majeure bien constatée.

. . . .
Quelle est la cause de notre diversité? une cause purement morale, car matériellement l'affaire s'est améliorée depuis sa première apparition. Nous avons fait un contrat avantageux pour le tunnel, et nous sommes en mesure de garantir presque que nous économiserons plusieurs millions sur nos estimations. L'année présente a fourni de nouveaux exemples de l'immense développement que prennent chez nous le commerce, l'industrie et la circulation, et les chiffres sur lesquels reposent nos calculs de rendements sont déjà dépassés de beaucoup par la réalité actuelle."

. . . .

. . . .

Demgemäss beantragte auch das Directorium beim Verwaltungsrath, auf den 15. März Fr. 25 und auf den 15. Mai weitere Fr. 25, zusammen also Fr. 50 per Actie einzufordern, in dem Sinne, dass Actien, auf welchen die Einzahlung nicht geleistet wurde, annullirt werden, und die eingezahlten Fr. 100 der Gesellschaft anheimfallen sollen. Dieser Antrag wurde am 2. Febuar vom Verwaltungsrath angenommen.

Der Schritt verfehlte jedoch seine Wirkung gänzlich und bald wurde es den einsichtigeren Mitgliedern des Verwaltungsrathes klar, dass nicht durch Zwangsmassregeln das Unternehmen könne gerettet werden.

Die Gross-Actionäre gingen eben von einem andern Gesichtspunkte aus als die unter dem Druck lokaler Einflüsse stehende Verwaltung. „Eure Pflicht," riefen sie der letzteren zu, „ist es, die Euch anvertrauten Interessen zu vertheidigen. Wir haben das Geld gegeben, an Euch ist es dafür zu sorgen, dass es nicht verloren gehe. Die Ausführung eines Theils der übernommenen Concessionen kann hinausgeschoben werden, die Verhältnisse zwingen uns dazu. Deshalb müsst Ihr uns in dieser Beziehung erleichtern, da wir ein Geschäft machen und nicht die Schweiz „à tout prix" mit Eisenbahnen beglücken wollten."

Wir citiren wieder Zwilchenbart, der in dieser Frage den nämlichen Standpunkt einnahm und ihn der Verwaltung genehm zu machen suchte:

LIVERPOOL, 19 octobre 1853.

. . . .
„Je remarque toujours chez vous la fausse position que la concession donne au lieu de recevoir et que votre Comité de direction se croit la concession, au lieu la réunion des actionnaires; c'est ce Comité de direction qui aujourd'hui ne devrait penser qu'à la protection des actionnaires et j'espère que vous n'employerez pas les menaces de force majeure qui ne pourraient que faire du tort sans succès, lorsque six mois de tranquillité peuvent changer tout en couleur de rose."

LIVERPOOL, 26 octobre 1853.

. . . .
„Je suis d'opinion que vous devriez présenter un mémoire à vos gouvernements pour leur demander une prolongation de

3 années, sauf à vous engager à finir le bout de Bâle à Olten avec activité, le fait est je ne vois pas la nécessité ou l'urgence de commencer partout, „avant que cette longueur soit en opération."

. . . .

LIVERPOOL, 14 novembre 1853.

. . . .

„Dieu me garde de vouloir intervenir dans cette affaire, mon opinion et mon intérêt seulement me font vous éclairer sur les erreurs que je reconnais dans vos administrations.

Mais vous restez fixe comme une ancre, sans rien écouter, ne voyant que la nationalité et la gloire. Pour l'exécution de ce plan vous auriez dû faire des souscriptions de bienfaisance ou une association de fabrique tout payé, mais ce moyen serait pure farce pour une affaire du colosse de la vôtre.

Vous n'auriez jamais pu la monter sans la Bourse, et guerre et famine sont des obstacles contre lesquels il n'y a point de résistance, il faut donc vous y soumettre de bonne grâce, ce qui est le plus prudent pour vous, car vouloir rompre un rocher avec vos têtes n'attirerait sur vous que le ridicule et l'exaspération des actionnaires!

. . . .

Votre affaire est devenue dès son début une affaire de Bourse, et vous ne pouvez rien y changer, vos engagements et vos actes sont absolument zéro, si vous ne gagnez pas la confiance de la Bourse ou du public, et il est incompréhensible pour moi que vous ne le voyiez pas — il faut suivre le système de Sir Robert Peel de tourner ou de vous retirer, d'un côté vous réussirez, de l'autre vous ruinerez tout."

. . . .

17 novembre 1853.

. . . .

„La vérité n'est pas toujours bonne à dire — mais à vous je le dirai toute pure à cause de notre long attachement réciproque.

Pour faire du Central une œuvre nationale suivant le bourgmestre S. . ., on s'y serait intéressé par une jusqu'à dix actions et j'en aurais pris peut-être cinq, en un mot vous n'auriez jamais pu faire l'affaire. . . . . . .

Une affaire de Bourse seule pouvait donc vous faire réussir et le moment vous était ou trop favorable, ou trop près de sa retraite, mais il est certain que la prévoyance d'un avenir obscur a été entièrement oubliée.

Au lieu de mettre en tête les fondateurs de Paris et quelques hommes de haute réputation chez vous, on vous a laissé faire, et vous, sans réflexion, ou même dans l'ignorance de l'influence que d'honorables noms de la société ont sur le public, vous y avez mis vos compatriotes, gens honorables, prenant même l'affaire trop minutieusement à cœur, mais point connus au-delà des portes de votre ville. Eh bien, ces Messieurs ne voient pas plus loin que de considérer la concession pour une acceptation à payer et les actions pour des effets à recevoir. Tout cela est bel et bon, mais l'intelligence doit reconnaître les cas de force majeure qui commandent la soumission."

. . . .

1er mars 1854.

„ . . . vous m'annoncez en me l'expliquant un appel de fonds pour le Central et à ce sujet je m'empresse de vous dire, que, comme vous le savez fort bien, je n'ai jamais été contre un appel de fonds ou des appels de fonds bien échelonnés de 200 jusqu'à 250 frs.

Mais malheureusement les circonstances ne sont pas toujours les mêmes et vous devez vous rappeler que dans une des deux séances du Conseil auxquelles j'ai assisté, je fus tellement surpris de la manière dont on semblait vouloir jouer avec la finance, que j'ai dit: „ces Messieurs croient que l'on trouve l'argent sur le pavé de Paris ou de Londres!"

Depuis les circonstances politiques ont encore empiré. Il me semble qu'en face ou sous le coup de pareilles calamités, il est prudent de penser — au lieu d'étendre — à limiter vos travaux pour moins fatiguer vos actionnaires et comme pendant 25 années vous n'avez pas pensé aux chemins de fer, il me semble qu'un reculement aujourd'hui de trois années ne tirerait à aucune conséquence, à condition de finir dans ce délai le Tunnel et la route de Bâle à Olten, qui est l'âme de votre chemin et pour la construction desquelles on irait au-devant de vos besoins, si seulement vous donniez la confiance aux actionnaires qu'ils peuvent compter sur votre prudence. Il faut être élastique et savoir que ceux qui donnent n'aiment pas être gouvernés par ceux qui reçoivent."

. . . .

16 mars 1854.

. . . .

„ . . . . . dans un pareil cas de force majeure les directeurs devraient se considérer les protecteurs des actionnaires, je trouve donc impolitique un appel de fonds sans le motiver et quant à l'idée de confiscation, elle ne ferait que froisser les esprits et nuire aux résultats de l'entreprise."

. . . .

Wie bereits bemerkt, musste die Lösung der Frage auf dem Wege der Unterhandlungen gesucht werden, nachdem die Drohungen ohne Einfluss geblieben waren und die Gross-Actionäre erklärt hatten, sie ziehen vor das einbezahlte Geld zu verlieren, als neues in das Unternehmen zu werfen.

Bevor übrigens das Directorium in Unterhandlungen mit den Gross-Actionären eintrat, waren andere Combinationen versucht worden, die sämmtlich scheiterten.

So u. a. ein Arrangement mit Brassey und noch einem grossen englichen Unternehmer, welche sich verpflichten sollten, den Pariser Banquiers 10,000 Actien abzunehmen und weitere 10,000 an Zahlung zu empfangen, wogegen ihnen dann der Bau des gesammten Centralbahnnetzes zugeschlagen worden wäre. Die exorbitanten Bedingungen, die Brassey stellte, verhinderten die Ausführung dieses Planes.

Ebenso zeigte sich eine Combination, durch Ausgabe von Obligationen der Nothwendigkeit einer sofortigen Einforderung auf die Actien enthoben zu sein, als undurchführbar.

Desgleichen ein Versuch, Pereire oder Mirès für die Actien zu interessiren.

Und so war die Verwaltung im März 1854 in die Nothwendigkeit gesetzt unter drei Mitteln dasjenige zu wählen, welches nach ihrer Ansicht die Gesellschaft aus ihrer gefährlichen Lage retten konnte, nämlich:

1. Zwangsmassregeln zu ergreifen, d. h. auf der eingeforderten Einzahlung der 50 Fr. zu bestehen und den renitenten Actionären ihre erste Einzahlung von 100 Fr. zu confisciren, oder

2. die Einzahlung einzufordern und von Zwangsmassregeln abzusehen, d. h. mit den treu gebliebenen Actionären den Bau weiterzuführen, oder endlich

3. gemäss den Vorschlägen der Pariser Banquiers zu verfahren und die Actionäre von der Pflicht der Einzahlung für die restirenden 350 Fr. zu entlasten.

Was die erste Eventualität, Zwangsmassregeln zu ergreifen, betrifft, so war sie wohl kaum praktisch durchführbar, denn es ging doch nicht an, die Annullirung der Hälfte oder von zwei Dritttheilen des Actiencapitals zu decretiren.

Ein solcher Schritt hätte den Credit der Gesellschaft untergraben, ohne ihr beträchtliche neue Mittel zuzuführen, und im Weitern würden ihr für längere Zeit, wenn nicht für immer, die grossen Geldmärkte geschlossen geblieben sein. In diesem Fall wäre auch bei der Rückkehr günstigerer Zeiten an eine Durchführung des gesammten Programms nicht mehr zu denken gewesen und die aufgegebenen Linien wären durch andere Gesellschaften übernommen worden, welche die Krisis besser überstanden hatten. Auch Billigkeitsgründe sprachen gegen Zwangsmassregeln, da ja die Pariser Banquiers hauptsächlich auf die ihnen von der Schweiz aus ertheilten Aufschlüsse hin sich so stark an dem Unternehmen betheiligt hatten und die schwierigen Verhältnisse durch eine eigentliche „force majeure," den Orientkrieg, geschaffen worden waren. Es war auch zur Zeit der ersten Unterhandlungen nicht vorauszusehen, dass das Unternehmen von der Schweiz aus nicht nur wenig Unterstützung finden, sondern dass, wie sich der bezügliche Bericht des Verwaltungsrathes an die Generalversammlung ausdrückte, „von der Schweiz aus alles werde gethan werden, um das Unternehmen zu discreditiren."

Die zweite Eventualität, von Zwangsmassregeln abzusehen, und mit den treugebliebenen Actionären den Bau weiterzuführen, bot hinwieder keine Sicherheit und hatte überdiess den Nachtheil, diesen schwerere Opfer aufzuerlegen, als sie bei normalen Verhältnissen hätten bringen müssen, da, um die nöthigen Ressourcen zu haben, die Einzahlungen viel rascher hätten eingefordert werden müssen, eben weil die Zahl der Actien reducirt war.

Es blieb daher nur die dritte Eventualität, das Compromiss.

Indessen hoffte man, die Gross-Actionäre dazu bewegen zu können, bis auf Fr. 200 (effectiv also Fr. 100), statt nur auf Fr. 150 (effectiv Fr. 50) einzuzahlen und auf diese Weise circa $3^{1}/_{2}$ Millionen mehr zu erhalten als nach ihrem Vorschlag.

Man wies nämlich Seitens der Centralbahn darauf hin, dass

diese 3½ Millionen nöthig seien für das Verbindungsstück Olten-Aarau, dessen Wichtigkeit Jedermann einleuchtete.

Nach schwierigen Unterhandlungen, die in Paris durch Rathsherr Geigy geführt wurden, gelang es auch, auf der gedachten Grundlage eine Verständigung zu erzielen.

Aus einem Schreiben aus Paris, das einiges Licht auf die Unterhandlungen wirft, dürfen einige Stellen mitgetheilt werden:

PARIS, 4/6 avril 1854.

. . . .
„J'ai successivement reçu les lettres que vous avez bien voulu m'adresser. Les trois premières me fournissaient pour la discussion de notre affaire avec M. Geigy des éléments et des renseignements qui exigeaient tous mes remerciements. Comme il en résultait d'ailleurs que nous nous trouvions d'accord avec vous sur le fond des mesures à prendre, et que nous ne différions que sur quelques stipulations accessoires, nous attendions avec confiance la visite de cet ami, bien persuadés qu'il ne nous serait pas difficile de tomber d'accord avec lui.

Aussi dès notre première entrevue, après avoir combattu et écarté successivement ses propositions de libérer les actions à 300 frs., puis à 250 frs. — systèmes que M. Geigy soutint avec sa vigueur et sa ténacité habituelles, — abordâmes-nous franchement la question dans le sens convenu. Nous expliquâmes que nous nous étions d'abord arrêtés à 175 frs. parce que nous ne voulions faire que la ligne de Bâle à Olten, mais que, admettant la justesse des raisons que M. Geigy faisait valoir pour y ajouter le tronçon d'Olten à Aarau (ou Wöschnau), nous consentions à aller jusqu'à 200 frs. — C'est moi qui portais la parole et qui prononçais ce chiffre comme de mon chef, et MM. H... et S..., sur mon interpellation l'acceptèrent, tandis que M. Geigy parut hésiter, demanda à réfléchir etc.

A notre seconde entrevue M. Geigy a de nouveau reproduit son chiffre de 250 frs., mais sur notre déclaration formelle de ne pas vouloir dépasser 200 fr., il a enfin accepté cette somme; seulement il a alors élevé des prétentions auxquelles il nous a été impossible de donner notre consentement et qui provenaient d'un point de départ, selon nous complètement erronné.

. . . .
Je n'ai pas besoin de vous dire que de pareilles conditions ont été repoussées très énergiquement et que nous ne consentirons jamais à nous laisser imposer des conditions qui ne seraient pas celles auxquelles tous les actionnaires de la Compagnie seraient soumis.

En demandant la libération des actions à 200 frs, ce n'est pas pour nous seuls, c'est pour tous les actionnaires que nous la demandons, parce que nous la croyons conforme à la prudence, à la sagesse et impérieusement réclamée par l'état de guerre qui impose d'autres règles de conduite que l'état de paix. Nous n'avons pas de traité, pas de négociation à faire avec vous; c'est le Conseil d'Administration qui propose la libération des actions à 200 frs. à tout le monde, les maisons parisiennes n'ont ni à demander une faveur ni à subir des conditions onéreuses qui ne seraient pas celles de tout le monde. Si le Conseil ne partage pas notre manière de voir, il faut qu'il décide dans sa sagesse ce qu'il croit utile et nous aurons à nous soumettre comme tous les autres actionnaires.

C'est dans ce sens que j'ai rédigé une note en réponse à celle de M. Geigy et pour entrer autant que possible dans son désir d'avoir en mains un engagement des maisons parisiennes, j'avais mis dans ma note que nous ferions en tous cas le versement de 50 frs. le 15 mai, mais le lendemain, lorsque nous nous sommes réunis, les nouvelles politiques étant mauvaises, cet engagement a été rejeté de notre programme et nous nous sommes définitivement arrêtés à la résolution de rester dans notre position actuelle, libres de faire ce que les circonstances commanderont, préférant la perte d'une somme considérable au risque d'être entraînés à l'immobilisation d'un capital énorme dans une valeur qui de longtemps encore ne sera pas vendable. Cette résolution a été formulée dans une lettre que nous avons remise à M. Geigy et nous attendrons l'issue de la délibération du Conseil sur son contenu.

M. Geigy nous a répondu pour combattre notre manière de voir, mais nous ne pouvons la changer et croyons fermement que le Conseil, s'il représente véritablement l'intérêt des actionnaires et ne se laisse guider par aucune autre considération, doit adopter notre programme. S'il ne le fait pas, ce sera un malheur pour nous, mais peut-être aussi pour notre entreprise, qui ne gagnera rien à avoir dépossédé un nombre d'actionnaires de bonne foi qui ont été les victimes des fautes faites lors du début de l'affaire, car très certainement nous n'aurions pas gardé un nombre aussi considérable d'actions et racheté, même à prime, une nouvelle quantité de ces titres, si nous avions pu prévoir que les souscripteurs suisses viendraient écraser notre marché et nous mettre dans l'impossibilité de placer ce que nous avions de trop. — Ne perdez pas de vue qu'il faudra un jour émettre de nouveau les actions que vous nous confisquerez, et je vous laisse à penser si vous trouverez facilement à les placer et si vous rencontrerez sur les marchés étrangers la sympathie dont vous aurez besoin pour leur donner du crédit."

. . . .

Der Verwaltungsrath gab dem Abkommen seine Zustimmung und stellte demzufolge am 27. April 1854 der Generalversammlung folgende Anträge:

1. auf sämmtliche Actien ist am 15. Mai 1854 eine Einzahlung von Fr. 50, sodann am 15. November 1854 und 15. Februar 1855 zwei weitere von Fr. 25, zusammen also Fr. 50, im Ganzen somit ein Betrag von Fr. 100 zu leisten.
2. Je 5 in dieser Weise auf Fr. 200 liberirte provisorische Certificate können in zwei volleinbezahlte Actien von Fr. 500 umgewandelt werden;
3. Actionäre die von diesem Rechte keinen Gebrauch machen, sondern ihre Actien voll liberiren wollen, haben am 15. November keine Zahlung zu leisten und ihre spätern Einzahlungen in keinen grössern Raten als Fr. 50.

Die in Folge dieses Beschlusses der Gesellschaft anheimfallenden Actien werden in die Gesellschaftskasse gelegt und der Verwaltungsrath wird im geeigneten Moment für deren Wieder-Emission, mit Berücksichtigung des Art. 8, lem. 2 der Statuten befugt sein.*)

Diese Anträge wurden von der Generalversammlung genehmigt.

Der Termin vom 15. Mai, auf welchen die erste Quote der zweiten 100 Franken, also 50 Franken fällig war, wurde von den Actionären pünktlich eingehalten.

An Befürchtungen in dieser Beziehung hatte es nicht gefehlt. Adolphe Marcuard lässt sich über diesen Punkt wie folgt aus:

PARIS, $\frac{25}{28}$ Mai 1854.

„J'ai encore devant moi vos lettres des 18 et 24 Avril et celle du 4 courant.

---

*) Die bezügliche Bestimmung dieses Lemma hatte folgende Fassung:

„Auf den neu zu emittirenden Actien oder Obligationen ist den Actionären der Gesellschaft ein Vorrecht eingeräumt, insofern die Ankaufs- oder die Verschmelzungsverträge es gestatten; . . . . . ."

J'ai regretté d'y voir que vous n'étiez pas personnellement satisfait des mesures qui ont été adoptées et que pour ma part je persiste au contraire à croire très bonnes et conformes à ce que la sagesse et l'intérêt des actionnaires demandaient. Ici elles ont été accueillies avec plus de faveur que je n'osais l'espérer et je considère comme un véritable succès le versement opéré à notre caisse sur environ 35,000 actions. Il ne vous échappera pas qu'au moyen de ce versement ceux de Novembre et Février prochains peuvent être considérés comme assurés et que vous vous trouverez ainsi affranchis d'avoir recours à la triste ressource de la confiscation. Quel est l'homme raisonnable qui ne s'applaudira pas de ce résultat?

Je comprends très bien que nos ennemis cherchent à tirer parti de la marche que nous avons adoptée pour nous susciter des difficultés auprès des gouvernements que nous aurons à aborder pour des prolongations de délais, mais j'espère bien que vous en triompherez et que le bon sens l'emportera sur la passion et la méchanceté. En tous cas ceux qui se plaisaient à mettre en doute la sincérité des banquiers de Paris relativement au versement du 15 courant, doivent s'être convaincus aujourd'hui que nous savons nous exécuter quand nous voyons une affaire conduite sagement et vous pouvez leur dire hardiment que nous irons jusqu'au bout tant qu'on restera dans cette voie.

L'essentiel est maintenant de donner une vigoureuse impulsion à tous les travaux du tronçon que l'on est décidé à achever et à le mettre en exploitation le plus tôt possible; pour peu que le résultat réponde à votre attente, le courage reviendra, et si les circonstances ne sont pas alors trop défavorables vous verrez que la seconde partie de votre œuvre se fera plus facilement que vous ne le pensez. Tous les jours l'expérience démontre plus clairement que les longues lignes voient leurs produits s'augmenter à mesure qu'elles s'étendent et l'on comprendra que le chemin Central Suisse qui sert de prolongement aux chemins de fer français et allemands est appelé à un bel avenir.

Aussi je ne saurais trop vous engager à vous occuper du projet de gare commune avec le chemin de Strasbourg qui très certainement est une question vitale pour le chemin Central. Nos délégués*) à Bâle ont eu tort de ne pas profiter de leur séjour en votre ville pour aller vous voir; je leur en ai parlé et ils n'ont pas trop su expliquer cet oubli; toutefois il m'a paru que notre grand ami, M........, pourrait bien y être pour quelque chose d'après la manière dont il leur a

---

*) Delegirte der französischen Ostbahn, in deren Verwaltungsrath Marcuard sass.

parlé de notre Compagnie. A l'entendre notre affaire était perdue et tout le reste de notre réseau, sauf Bâle à Olten, abandonné à tout jamais. Ces paroles, dans la bouche d'un homme que nos délégués voyaient dans un caractère officiel, les ont beaucoup impressionnés et j'ai eu de la peine à leur faire comprendre que les choses étaient loin de cette extrémité. — M. . . . . . . m'a promis, au contraire, de se remettre en contact avec M. Etzel pour la question de la gare et à sa première course à Bâle il ira vous voir pour s'en occuper avec vous.

. . . .
L'embarras que vous éprouvez à faire valoir votre argent était à prévoir et une des raisons pour lesquelles nous combattions les termes rapprochés de vos appels de fonds, quand il était démontré que vous n'auriez pas l'emploi de votre argent de longtemps."

. . . .

Für 68,000 von den 72,000 Actien wurde die Conversion begehrt und für 4,000 (worunter die 2,000, die Baselland übernommen) auf die Reduction verzichtet.

Jene 68,000 Actien im Verhältniss von 5 zu 2 auf rund 27,000 voll liberirte à Fr. 500 reducirt ergaben 13½ Millionen, 4,000 nicht reducirte à Fr. 500   2 „
so dass das gesicherte Actiencapital betrug   15½ Millionen,
statt der vorgesehenen 36 Millionen.

Der Gesellschaft verblieben also rund 41,000 Stück Actien.

Es galt nun, die zur Fortsetzung des Baues nöthigen Geldmittel zu beschaffen, welche wenigstens bis zu dem Zeitpunkt reichen sollten, auf den man hoffte, die Resterfordernisse in annehmbarer Weise zu decken.

Denn trotz anfänglichem Zaudern und der von einigen Mitgliedern geltend gemachten Ansicht, die Gesellschaft müsse sich auf den Bau der Basel-Olten-Linie mit Abzweigung nach Aarau und Herzogenbuchsee und Fortführung nach Luzern beschränken, Herzogenbuchsee-Bern und Bern-Thun aufgeben, siegte doch die Meinung, das Gesammtprogramm auszuführen.

Jedenfalls wäre es ein grosser verhängnissvoller Fehler gewesen, die ertragsreiche Bernerlinie, die zudem noch Aussicht auf eine baldige Verlängerung nach Westen bot, aufzugeben, um die verhältnissmässig arme Strecke Aarburg-Luzern, die doch erst durch den Gotthard zu ihrer wirklichen Bedeutung kommen sollte, ausführen zu können.

Die Beschaffung der Geldmittel konnte selbstverständlich nicht mittelst Begebung der der Gesellschaft anheimgefallenen 41,000 Actien in's Werk gesetzt werden, da der Credit schweizerischer Eisenbahnunternehmungen sowohl im Inlande als im Ausland zu stark erschüttert war.

Dagegen bot die Zuhilfenahme des Staatscredits Aussicht auf Erfolg, und es wurden demnach Schritte in diesem Sinne bei den am Bau der Centralbahn interessirten Kantonen eingeleitet.

In erster Linie gelangte man an den Kanton Luzern, von welchem eine Actienbetheiligung von 2 Millionen Franken verlangt wurde. Es war keine leichte Sache, diese Unterstützung zu erhalten und als der Antrag von der Regierung zum ersten Mal dem Grossen Rath vorgelegt wurde, verwarf ihn dieser. Erst später, als Luzern einsah, eine fernere Weigerung könnte zur Folge haben, dass die Centralbahn nicht über Zofingen hinaus bauen werde und als andere Bewerber für die Concession sich nicht zeigten, erst dann sprach der Grosse Rath die Genehmigung der Betheiligung aus. Von den 2 Millionen wurden ½ Million durch Zofingen, 100,000 Fr. durch den Kanton Uri und 400,000 Fr. durch die an der Bahn liegenden Gemeinden, der Rest durch den Kanton übernommen.

Beiläufig darf bemerkt werden, dass Luzern mit seiner Actienbetheiligung keinen Schaden erlitten, sondern sie ein Jahr später al pari an den Crédit Mobilier in Paris verkauft hat.

Nachdem die Unterhandlungen mit Luzern zum Ziele geführt hatten, gelangte die Centralbahn mit dem Gesuch um eine Actienübernahme von 4 Millionen Franken an den Kanton Bern. Auch Bern bewilligte diese Betheiligung, in der Weise, dass die Hälfte davon auf die an der Bahn liegenden Gemeinden verlegt wurde. Die Unterhandlungen waren mit Stämpfli geführt worden, und der Vertrag zeigt seine Unterschrift, als Vicepräsident des Regierungsrathes.

Als Gegenleistung für die Unterstützung der beiden Kantone

hatte die Centralbahn die Verpflichtung übernommen, den Bau der Bahn auf deren Territorien ungesäumt zu beginnen, wobei ihr dann allerdings gewisse Fristerstreckungen für die Vollendung, namentlich der Endbahnhöfe, gewährt wurden.

Solothurn wies jedes Gesuch um eine Staatsbetheiligung von der Hand, liess sich indessen doch zu einer Fristerstreckung für Herzogenbuchsee-Solothurn bis Ende 1857 herbei.

Von Baselstadt war eine Leistung nicht verlangt, dagegen an den Kleinen Rath das Gesuch gestellt worden, die von ihm übernommenen 3,000 Actien nicht zu reduciren. Der Kleine Rath ging von sich aus über das Gesuch hinweg, und so fand sich die Betheiligung des Staates Baselstadt thatsächlich auf Fr. 600,000 reducirt, gegenüber den 2 Millionen, für welche der Grosse Rath die Ermächtigung ertheilt hatte!

Baselland blieb seinen Verpflichtungen getreu und liberirte seine von ihm übernommenen 2,000 Actien mittelst seiner eigenen 3½ prozentigen Obligationen.

Die Abmachungen mit Luzern und Bern, in Betreff der Uebernahme von zusammen 12,000 Actien, waren im Juli bzw. November perfect geworden.

Zufolge derselben wurde das auf 15½ Millionen reducirte Actiencapital wieder auf 21½ Millionen gebracht.

Zur Herbeiziehung weiterer Mittel wurden sodann zwei Anleihen auf Obligationen ausgegeben und mit Erfolg placirt, das erste von 4 „
nach der Ratification des Vertrags mit Luzern, das zweite von 3 „
nach der Ratification des Vertrags mit Bern.

Die Gesammtmittel der Gesellschaft beliefen sich Ende 1854 sonach auf 28½ Millionen,

und als noch flüssig zu machende Reserve verblieb der Gesellschaft der Rest der ihr anheimgefallenen Actien, nämlich 30,000 Stück (15 Millionen), zuzüglich 5 Millionen in Obligationen als Rest-Quote der im Princip auf 12 Millionen festgesetzten Anleihen.

Ende 1854 waren im Ganzen auf den Bau verwendet worden 7¹/₈ Millionen; der Rest der disponiblen Gelder (rund 21 Millionen) deckte den Bedarf

    a) für die vollständige Ausführung der Linie Basel-Olten-Aarau und Olten-Luzern, ohne die Endbahnhöfe;

    b) für die Erstellung des Unterbaues inclusive Grunderwerb der bernischen und solothurnischen Linien, mit Ausschluss von Bern-Laupen, des Aareübergangs bei Bern, sowie des dortigen Bahnhofes.

Werfen wir noch einen Blick auf die Bauausführung, so ersehen wir aus dem dritten Bericht des Verwaltungsrathes an die Generalversammlung, dass die Arbeiten überall ihren ungehinderten Fortgang genommen hatten. Sämmtliche Loose auf den verschiedenen Linien waren entweder Ende 1854 oder Anfangs 1855 vergeben. Der Stand der Arbeiten am Hauensteintunnel war ein befriedigender.

Noch vor Schluss des Jahres 1854, am 19. Dezember, wurde die Strecke Basel-Liestal eröffnet. Die erste Probefahrt mit der Locomotive „Schweiz" war am 18. November unternommen worden.

Die Eröffnung von Liestal-Sissach stand in naher Aussicht.

Auf den Bau waren im Jahr 1854 6¹/₄ Millionen verwendet worden, wovon 2 Millionen für Grunderwerb, von welchen wiederum 1,100,000 Fr. allein auf Expropriationen in Baselland fielen.

In seinem Bericht an die Generalversammlung vom 27. April 1855 hatte sich das Directorium über die finanziellen Ereignisse des Jahres 1854 wie folgt geäussert:

    „Das Unternehmen der schweizerischen Centralbahn hat ein ereignissvolles Jahr zurückgelegt und ist durch eine Krise gegangen, die wohl stets eine denkwürdige Epoche in der Geschichte unserer Gesellschaft bilden wird. Wir können zwar jetzt noch nicht sagen, dass alle Schwierigkeiten, die zur Zeit der vorjährigen Generalversammlung vor uns aufgethürmt waren, überwunden und beseitigt sind; immerhin aber darf es ausgesprochen werden, dass, menschlicher Beurtheilung nach, die bedenklichsten Prüfungen für unser Unternehmen hinter uns liegen.

In Ihrer Generalversammlung vom 27. April 1854 haben Sie zu dem, durch die damaligen Zeitumstände aufgedrungenen Beschluss einer Reduction des Actiencapitales, um drei Fünftheile seines Nominalwerthes, sich genöthigt gesehen. Dadurch ward das Kapital gegenüber einer auf ihr lastenden Aufgabe von beiläufig 48 Millionen, herabgesetzt auf 14 1/2 Millionen. Ihre Verwaltung fand jedoch in diesem Ereigniss nur einen Grund, den Muth nicht sinken zu lassen; vielmehr, das einmal vorgesteckte Ziel fest im Auge behaltend, auf neue Mittel zu sinnen, die übernommene Aufgabe durchzuführen und in seinem vollen Umfang ein Werk zu Stande zu bringen, welches, trotz vorübergehender Ungunst der Zeiten, von seinen reichen Prosperitäts-Elementen keines verloren hat."

. . . .

Dadurch war der Verwaltung ihre Finanzpolitik vorgezeichnet.

In der That musste ihr Bestreben darauf gerichtet sein, die Mittel der Gesellschaft auf die Höhe der von ihr übernommenen Aufgabe zu bringen.

Die Erfolge, welche im Jahr 1854 durch Begebung von 12,000 Actien und 7 Millionen in Obligationen erzielt worden waren, sowie auch die Liberirung der Actien mit Fr. 200, waren nicht ohne günstige Rückwirkung auf den Credit der Gesellschaft geblieben. Dessgleichen hatten die Ergebnisse des Betriebs auf den zuerst eröffneten Strecken Basel-Liestal und Liestal-Sissach befriedigt. Die Actien näherten sich wieder dem Pari-Curs, nach und nach wurde dieser sogar überschritten.

Nachdem während Frühjahr und Sommer 1855 nach verschiedenen Richtungen hin, nicht nur in Paris, sondern auch in Frankfurt und Berlin, Versuche gemacht worden waren wegen Placierung des Restes der der Gesellschaft zufolge Reduction anheimgefallenen Actien, Versuche die zu keinem Resultate führten, erwies es sich, ich citire hier die Worte des bezüglichen Berichts des Verwaltungsrathes, „erwies es sich zur Evidenz, dass nur dasjenige Geldinstitut in der Stellung sich befinde, der Centralbahn den Dienst zu leisten, dessen sie bedurfte, welches einer andern schweizerischen Gesellschaft mit mächtiger Hand unter die Arme gegriffen hat."

Drei Briefe von Director Speiser berichten über die Angelegenheit.

Der erste, vom 30. Juli 1855 von Paris datirt, worin er einem Freunde schreibt:

„. . . . . Ich bin hieher gekommen, telegraphisch durch Pereire berufen. Derselbe hat für Rechnung des Crédit mobilier die Westbahn gekauft, zu Fr. 400 die Actie und möchte sich nun mit uns, gleichwie wir mit ihm, verständigen. Sehr leicht wird das nicht gehen, jedenfalls nicht so leicht wie die Herren meinen; denn verkaufen wollen wir und **können** wir uns nicht, das würde einen schönen Lärm absetzen, wenn die Centralbahn in ausländische Hände überginge, was zu untersagen übrigens die Regierungen concessionsgemäss befugt sind.

Unsere Unterhandlungen sind übrigens noch gar nicht weit, obgleich ich morgen schon 8 Tage hier bin."

dann vom 31. August:

„. . . . . . Seit einigen Tagen erwartet man mich wieder in Paris, wohin ich im Laufe der nächsten Woche zu verreisen beabsichtige; ich habe Gründe meine Abreise in die Länge zu ziehen, weil von anderer Seite uns auch Propositionen gemacht worden sind, denen ich noch einige Zeit zur Reife gönnen will. Ich hoffe, dass wir bis in einigen Wochen unsere Sache unter Dach gebracht haben werden. Niemand wird froher sein als ich, wenn diese Reisen und Negociationen ein Ende haben werden, die von so viel Wichtigem im laufenden Geschäft abhalten."

. . . .

Am 22. September meldet er dem bewussten Freunde den glücklichen Abschluss:

. . . .

„Was in Paris gegangen ist, werden Sie in den Zeitungen gelesen haben. Es wird Mühe haben, bei vielen Leuten zu begreifen, dass der Verkauf zu 460 Fr. von Actien, die 530 bezahlt werden, ein gutes Geschäft sein soll. Und doch glaube ich sagen zu dürfen, dass es wenigstens das Beste unter Umständen ist. Wenn der Verkauf der 30,000 zu 460 nicht gelungen wäre oder zurückginge, so würden die übrigen 42,000 Actien bald wieder auf 450 zurücksinken. Das letzte Steigen war nur die Folge der Unterhandlungen mit dem Crédit mobilier und ging von Genf aus, wo man von diesen Unterhandlungen Kenntniss hatte. Im Allgemeinen ist übrigens die Transaction wohl aufgenommen worden; namentlich Hr. Geigy, dermalen in Ostende, freut sich darüber und an der Gutheissung durch die Generalversammlung ist um so weniger zu zweifeln, als hier Geschäfte zu hohen Preisen (man sagt 545) abgeschlossen worden sind, unter der Bedingung dieser Gutheissung. Dann wären wir über den Berg, obgleich noch manche „Berglein" zu übersteigen sein werden."

. . . .

In der That nahm die Generalversammlung am 24. September 1855 von dem Uebereinkommen mit dem Crédit mobilier gutheissend Kenntniss oder, richtiger gesagt, sie verzichtete auf das im Beschluss vom 24. April 1854 den Actionären vorbehaltene Vorrecht auf die Actien. Bald nachher wurden auch die auf dem Wege des Anleihens noch aufzubringenden 5 Millionen Franken ausgeschrieben und in wenigen Tagen gedeckt.

Somit fand sich, wie der Bericht über das betreffende Geschäftsjahr bemerkt, die gesammte für den Bau und die Ausrüstung der Schweizerischen Centralbahn vorgesehene Summe von 48 Millionen gesichert, die Ungewissheiten, welche die Zukunft des Unternehmens vor einem Jahre noch verdüsterten, waren beseitigt, und das Capitel der finanziellen Schwierigkeiten in den Jahresberichten konnte als abgeschlossen betrachtet werden.

Ich könnte, an diesem Punkte angelangt, auch meine Mittheilungen schliessen, möchte indessen doch noch einige der „Berglein", von welchen in dem letzterwähnten Schreiben die Rede ist und die zu übersteigen waren, nennen.

Eine der Schwierigkeiten, die sich der Centralbahn in den Weg legten, war das Anfangs 1855 wieder betriebene Project einer Bötzbergbahn, für welche das Haus Caspar Schulthess von Zürich ein Concessionsgesuch gestellt hatte und zwar bei Baselstadt am 28. Februar 1855.

Der Bericht des Verwaltungsrathes liess sich über diese Angelegenheit wie folgt aus:

„Ein die Centralbahn selbst, für ihren Verkehr nach Osten bedrohendes Concurrenzproject, das in der letzten Zeit aufgetaucht ist, darf vielleicht hier nicht mit Stillschweigen übergangen werden. Es ist dies die bereits vor zwei Jahren versuchte, aber bald wieder aufgegebene Linie über den Bötzberg. Wir haben triftige Gründe zu glauben, dass auch diessmal wieder das erwähnte Project in sich zerfallen wird, indem einerseits gewisse Voraussetzungen, auf welche dasselbe gestützt werden wollte, nicht existiren und andererseits es kaum denkbar ist, dass sich Capitalien für den Bau einer so kostspieligen und zugleich geringen Localverkehr versprechenden Linie finden werde, deren ganzer Nutzen auf die unbedeutende Abkürzung von nicht ganz drei Wegstunden für die Distanz Basel und Zürich beschränkt wäre."

Uebrigens beantwortete die Centralbahn diesen Schachzug durch eine sofortige Eingabe bei Baselland um die Concession Pratteln-Augst.

Wie bekannt, wurde auch damals aus dem Bötzbergproject nichts.

Eine andere Angelegenheit, die zu sehr unerquicklichen Verhältnissen Anlass gab, betraf den definitiven Bahnhof in Basel und die Verbindungsstrecke mit der französischen Ostbahn.

Es haben auf diese Verhältnisse folgende Stellen aus Briefen Bezug:

3. Mai 1855.

. . . .

„Unsere Regierung (Baselstadt) benimmt sich höchst sonderbar in der Verbindungsbahnfrage. Sie wissen, dass sie offen nicht dagegen sein dürfen*) und haben sich nun versprochen, auf indirectem Wege deren Ausführung zu hinterhalten und zu erschweren. Das wissen aber auch wir und sind glücklicherweise, Herr Geigy inbegriffen, alle einig."

. . . .

Zu diesen bittern Bemerkungen hat ohne Zweifel folgendes Memorial des Staatscollegiums an den Kleinen Rath von Baselstadt, d. d. 17. April 1855, Anlass gegeben, das hier wohl mitgetheilt werden mag.

Der Eingang des Berichtes bemerkt:

---

*) Der Centralbahn stand immer noch das Mittel zu Gebot, bei der Bundesversammlung eine Zwangsconcession für die Strecke Basel-Elsässergrenze zu verlangen.

„Es wurden dem Staatscollegium zwei Gesuche der Centralbahn zur Begutachtung überwiesen, nämlich:
1. Für Verlängerung der Frist für den Bau des definitiven Bahnhofes bis Ende October 1858.
2. Das Begehren vom Rechte der Conversion der Actien auf $^2/_5$ keinen Gebrauch zu machen.

Am 20. Februar wurden sie in Berathung gezogen unter Beiziehung von Delegirten der Centralbahn; die genannten Herren wurden eingeladen den Plan für den definitiven Bahnhof vorzulegen.

Am 11. April langte eine Zuschrift des Directoriums ein, welches den Plan eingereicht, der allerdings die Situation des Bahnhofes enthält, sowie die Linie gegen die Birs, zugleich und hauptsächlich aber das Tracé einer Verbindungsbahn zwischen Centralbahn und französischer Ostbahn aufführt und dem auch bereits ein ausgearbeitetes Längenprofil für Letztere und ein Auszug eines Berichtes des Bahningenieurs beigelegt ist."

und fährt dann fort:

„Obschon wir durch mündliche Mittheilungen, welche von Seite des Directoriums unsern beiden Herren Bürgermeistern in der letzten Zeit gemacht worden sind, benachrichtigt waren, dass das Directorium beabsichtige, mit der Vorlage des Planes für den hiesigen Bahnhof zugleich das Project einer Verbindungsbahn mit der Ostbahn zu verbinden, so sind wir doch, wir gestehen es, nicht wenig erstaunt, über dieses von Seiten der Centralbahnverwaltung der hiesigen Behörde gegenüber eingeschlagene Verfahren.

Statt der Verpflichtung des Art. 8 der Concession zur Vorlage ihrer Pläne nachzukommen und durch einfache Eingabe ihres Projects für die Bahnhoflage, die auf der ganzen umliegenden Gegend unseres Stadtbannes seit Jahren herrschende Unsicherheit des Eigenthums, endlich zu beseitigen, wurde plötzlich ein Plan vorgelegt und dessen Genehmigung verlangt für ein ganz neues, weitgreifendes Unternehmen, für welches eine Concession bis jetzt nicht einmal verlangt, viel weniger ertheilt worden ist, und die Erfüllung der genannten vertragsmässigen Verpflichtung in Bezug auf den hiesigen Bahnhof wird gleichsam abhängig gemacht von der Genehmigung und der Concession dieser weitern Unternehmung.

Aus dem in den jüngsten Tagen vertheilten gedruckten dritten Bericht des Directoriums an die Centralbahngesellschaft ersehen wir übrigens, dass Ersteres über fragliches Unternehmen mit der französischen Ostbahn bereits Unterhandlungen gepflogen und Festsetzungen getroffen, und sich somit nicht gescheut hat, über ein Object der hiesigen Landeshoheit zu verfügen, ohne dass die Behörden zuvor auch nur mit einem Worte darum begrüsst worden wären.

Das Staatscollegium wäre nun allerdings im Fall gewesen, dieses Ansinnen einfach von der Hand zu weisen und das Directorium aufzufordern, sich auf die Vorlage eines Planes für die Bahnhoflage zu beschränken, indem der uns gewordene Auftrag sich lediglich auf den genannten Bahnhof und das gestellte Begehren um Fristverlängerung für die Vollendung desselben bezieht.

Da wir indessen aus Mittheilungen schliessen müssen, es wolle die Centralbahnverwaltung die Sache aufs Aeusserste treiben und kein Mittel unversucht lassen, ihr Vorhaben durchzusetzen, so hielten wir, bei der Wichtigkeit des Gegenstandes, für angemessen, denselben sofort Hochdenselben zur Fassung einer, den Umständen und Verhältnissen entsprechenden, Schlussnahme vorzulegen.

Was nun das Project einer Verbindungsbahn zwischen der Centralbahn und der hier ausmündenden französischen Bahn überhaupt anbelangt, so wollen wir keineswegs in Abrede stellen, dass vielleicht in näherer oder entfernterer Zukunft die Bedürfnisse des Verkehrs, und namentlich des Waarentransits, eine solche Bahn wünschbar machen, und dass ein Zeitpunkt eintreten kann, wo die hiesigen Localinteressen diesem Bedürfnisse gegenüber weichen müssen.

Gewiss aber ist, dass gegenwärtig ein solches Bedürfniss nicht vorhanden ist, und dass die Frage und der Umfang eines solchen jedenfalls erst dann wird erörtert und beurtheilt werden können, wenn die Centralbahn einmal im Stande ist, die Waaren auf ununterbrochenen Schienengeleisen wenigstens in die innere und östliche Schweiz zu befördern, was bekanntlich erst nach Jahren wird geschehen können.

Dass eine solche Verbindungsbahn keineswegs im Interesse des hiesigen Gemeinwesens liegt, und in die hiesigen Verkehrs- und Gewerbsverhältnisse tief einschneidet, dass wesentliche Theile des hiesigen Handels — eben so gut als die meisten Gewerbe unserer Stadt, — dass überhaupt ein sehr grosser Theil unserer Bürger- und Einwohnerschaft durch eine solche unmittelbare Schienenverbindung neben unserer Stadt vorbei, in ihrem Beruf und Verdienst bedeutend benachtheiligt und verkürzt werden, liegt auf der Hand und bedarf keiner nähern Auseinandersetzung. Wenn wir dann ferner berücksichtigen, welche bedeutende Anstrengungen sowohl Staat als Stadtgemeinde in den letzten zwei Jahrzehnten gemacht haben, um namentlich den Verkehr durch unsere Stadt zu beleben und zu erleichtern, und dass in dieser kurzen Zeitperiode auf Gewinnung der Ausmündung der französischen Bahn in unsere Stadt, auf Correction der grössern Verkehrsstrassen in derselben, auf Erbauung bequemer Kaufhaus-

und Postlocalitäten u. s. w. Millionen verwendet worden sind, für welche Stadt und Staat bedeutende Schulden contrahirt und zu verzinsen haben, so sind diess alles gewiss hinreichende Gründe, um zu einem Unternehmen, dessen Ausführung die Nothwendigkeit und Nützlichkeit jener Verwendungen wenigstens theilweise wieder in Zweifel ziehen müsste, erst dann Hand zu bieten, wenn bei erfolgter Herstellung eines ununterbrochenen Schienenwegs in die östliche und innere Schweiz das Bedürfniss hiezu sich wirklich nachweisen lässt, und die Interessen des grossen allgemeinen Verkehrs die Unterordnung der Interessen unserer eigenen Bevölkerung unabweisbar erfordern; nicht aber dermalen, wo die Centralbahn noch weit davon entfernt ist, die von ihr übernommenen Verpflichtungen erfüllt zu haben und im Falle zu sein, die Concession für neue, abermals Millionen erheischende Unternehmungen zu verlangen.

Ist dieser Zeitpunkt einmal vorhanden, so wird neben der Hauptfrage auch die weitere Frage in Berathung kommen, ob die Herstellung einer solchen Verbindungsbahn durch Concession an eine Gesellschaft oder etwa durch Selbstbau ausgeführt werden soll.

. . . .
Der Bericht schloss mit dem Antrag:

„Es möchte in das Begehren der Centralbahn nicht „eingetreten, sondern Pläne für den definitiven Bahnhof „verlangt werden; erst wenn diese vorgelegt, wird in das Be„gehren wegen Concession eingetreten werden,"

Antrag, der vom Kleinen Rath am 28. April 1855 angenommen wurde."

Auf die Frage der Lage des Bahnhofes in Basel bezieht sich folgende Stelle:

13. December 1855.

. . . .
„Sie werden unsere Klageschrift gegen Solothurn [1]) erhalten haben; mit Ausnahme der technischen Theile, ist Herr Trog der Verfasser davon: ein zweiter Coriolan!

Ich werde mit Interesse Ihren Bahnhof-Rapport [2]) lesen, um so mehr, als jetzt hier der Tanz losgeht. Heute hat die Regierung mit Mehrheit beschlossen, uns einen Bahnhof zu octroyiren! Dieser Beschluss, der zu den unangenehmsten Folgen führen muss, haben wir Freund . . . . . zu verdanken."

. . . .

---

[1]) Mit der Stadt Solothurn herrschte auch Streit wegen des zu errichtenden Bahnhofs.
[2]) Schaffhausen.

Dagegen gestalteten sich gegen Ende des Jahres die Verhältnisse mit Zürich endlich angenehmer und schreibt Speiser unterm 22. October 1855:

> Mit Zürich ist Aussicht da, ins Geleise zu kommen; leider auf dem Wege der auswärtigen Mediation! Dass doch die Schweizer lieber vor dem Fremden sich beugen, als dem Landsmanne gegenüber nur ein Haarbreit von der Leidenschaft zu opfern!"

. . . .

Die Nordostbahn hatte sich nämlich ebenfalls mit dem Crédit mobilier in Verbindung gesetzt, um durch Begebung des Restes ihrer Actien die Mittel für die Vollendung ihres Netzes aufzubringen.

Obwohl die Schritte bei dem Crédit mobilier zu nichts führten und Rothschild den Actienrest übernahm, hatten die Unterhandlungen das Gute, dass sie endlich zwischen Basel und Zürich bis zu einem gewissen Grad den Frieden herstellten, Dank welchem dann auch der Vertrag betreffend Aarau-Wöschnau zu Stande kam.

Wenn so im Osten der Horizont sich aufheiterte, so zogen dagegen im Westen drohende Gewitterwolken herauf, die zwar die Centralbahn — wenigstens damals — nicht unmittelbar berührten, für ihre Zukunft jedoch von den wichtigsten Folgen waren.

Wir reden von der Oronbahnfrage, bezüglich welcher der Verfasser der vorerwähnten Briefe am 8. August 1855 schon geschrieben hatte:

> „In der Westschweiz droht eine arge Eisenbahnconfusion zu entstehen. Die Genfer Regierung hat nun einer dritten Gesellschaft ihre Concession gegeben, wodurch das Arrangement zwischen der Westbahngesellschaft und dem Crédit mobilier in Frage gestellt wird. Wir bleiben inzwischen beobachtend und Gewehr im Arm an der Freiburger Grenze steh'n."

. . . .

Die Kämpfe wegen der Oronbahn, die im Jahr 1856 sich in der Bundesversammlung abspielten, sind wohl noch in frischer Erinnerung. Freiburg trug gegenüber Waadt, welches der Oronlinie die Concession auf seinem Gebiet verweigerte und an dem Tracé Yverdon-Murten nach Bern festhielt, den Sieg davon. Der Oronbahn wurde auf waadtländischem Gebiet eine Zwangsconcession ertheilt.

Die Nichtausführung der mittleren Linie, Yverdon-Murten-Bern, und die Erstellung derjenigen über Freiburg riefen dann einer zweiten, westlich vom Neuenburgersee, wodurch das sogenannte Doppelliniensystem, das in Stämpfli, der den Standpunkt der Freiburger Regierung theilte, seinen Vertheidiger fand, inaugurirt wurde.

Viele einsichtige Männer gaben übrigens den Freiburgern Recht und ich frage mich, warum die Centralbahn sich Stämpfli entgegenstellte und gegen ihn Partei nahm, da sie doch in Bern und Biel den Schlüssel für beide Linien, für die über Oron und für die über Neuenburg in Händen hatte und sich damals auch die Verbindungslinie Biel-Neuenstadt hätte sichern können?

Befriedigende Zustände waren es nicht, die im Jahre 1856 im Eisenbahnwesen der Schweiz herrschten und es wird vielleicht interessiren zu wissen, wie ein im Ausland lebender Schweizer damals die Lage beurtheilt hat.

Zwilchenbart schrieb Ende September 1856 von Heidelberg aus, nach einem Aufenthalt in der Schweiz auf der Rückkehr nach England begriffen, an Bankdirector Speiser:

. . . .
„Mon voyage a été pour me mettre au courant du Central et j'ai certainement recueilli la grande satisfaction d'honneur et de probité dans l'Administration et dont mon ami R . . . . . m'a fait le plus grand éloge, mais par contre cette jalousie cantonale, actuellement poussée uniquement pour se nuire, est vraiment honteuse et détruit tout intérêt dans l'entreprise, sauf que pour y gagner.
La querelle à la Diète, la main sur le cœur et comme juré, je trouve que Fribourg comme canton et comme capitale a droit à une ligne, mais je vais plus loin, toutes les grandes villes ont droit aux chemins de fer mais de préférence à des embranchements aux doubles lignes et surtout pas tout à la fois. Finissez en Suisse la grande ligne sans se nuire et conduisez-y après mille branches, peu importe, cela fera du bien."
. . . .

Der Satz Zwilchenbarts „toutes les grandes villes ont droit à un chemin de fer" mochte damals zu kühn und vermessen erscheinen; 20 Jahre später hat er sich als wahr erwiesen, indem jede grössere Stadt der Schweiz von einer Eisenbahn berührt war.

Aber mit welchen Opfern ist dieses Resultat erzielt worden! Der soeben citirte Brief vom 24. September 1856 ist einer der letzten meiner Sammlung.

Bankdirector Speiser starb zwei Wochen später am 8. October 1856. Er sollte die Vollendung der Centralbahn nicht mehr erleben. Das Präsidium des Directoriums ging an Rathsherrn Geigy über. —

Zur Ergänzung meiner Mittheilungen gebe ich noch die Daten an, an welchen die einzelnen, das Gesammtnetz der Centralbahn bildenden Strecken eröffnet wurden, nämlich:

1854 am 19. Dezember: Basel (provisorischer Bahnhof) -Liestal,
1855 „ 1. Juni: Liestal-Sissach,
1856 „ 9. „ Aarau (provisorischer Bahnhof) -Olten-Emmenbrücke,
1857 „ 16. März: Aarburg -Herzogenbuchsee,
„ 1. Mai: Sissach-Läufelfingen,
„ 1. Juni: Herzogenbuchsee-Solothurn-Biel,
„ 16. Juni: Herzogenbuchsee-Wylerfeld,
1858 „ 1. Mai: Läufelfingen-Olten (Hauenstein-Tunnel),
„ 1. „ Aarau (provisorischer) Aarau definitiver Bahnhof,
„ 15. November: Wylerfeld-Bern (definitiver Bahnhof),
1859 „ 1. Juni: Emmenbrücke-Luzern,
„ 1. Juli: Wylerfeld-Thun.

Mit Ausnahme des Hauenstein-Tunnels, der Endbahnhöfe und der Thuner-Linie war also die ganze Linie im Sommer 1857 fertig gestellt.

Berichtigungen:

Pag. 28, Zeile 2 von unten statt „des Nationalrathes" sollte es heissen:
der nationalräthlichen Commission.
Pag. 48, Zeile 3 von unten statt „Mentzberger": Mentz*nauer.*

CPSIA information can be obtained
at www.ICGtesting.com
Printed in the USA
LVHW100826070223
738796LV00006B/931